岩波文庫
31-027-1

高野聖
眉かくしの霊

泉鏡花作

岩波書店

目　次

高《こう》野《や》聖《ひじり》

一

「参謀本部編纂《へんさん》の地図をまた繰開《くりひら》いて見るでもなかろう、と思ったけれども、余りの道じゃから、手を触《さわ》るさえ暑くるしい、旅の法衣《ころも》の袖《そで》をかかげて、表紙を附《つ》けた折本《おりほん》になってるのを引張《ひっぱ》り出した。

飛驒《ひだ》から信州へ越える深山《みやま》の間道《かんどう》で、丁度立休《たちやす》らおうという一本の樹立《こだち》も無い、右も左も山ばかりじゃ、手を伸ばすと達《とど》きそうな峰があると、その峰へ峰が乗り、巓《いただき》が被《かぶ》さって、飛ぶ鳥も見えず、雲の形も見えぬ。

道と空との間に唯《ただ》一人我ばかり、凡《およ》そ正午と覚《おぼ》しい極熱《ごくねつ》の太陽の色も白いほどに冴《さ》え返った光線を、深々と戴《いただ》いた一重《ひとえ》の檜笠《ひのきがさ》に凌《しの》いで、こう図面を見た。」

旅僧《たびそう》はそういって、握拳《にぎりこぶし》を両方枕に乗せ、それで額を支えながら俯向《うつむ》いた。

道連《みちづれ》になった上人《しょうにん》は、名古屋からこの越前敦賀《つるが》の旅籠屋《はたごや》に来て、今しがた枕に就いた時まで、私《わたし》が知ってる限り余り仰向けになったことのない、つまり傲然《ごうぜん》として物を見ない質《たち》の人物である。

一体東海道掛川《かけがわ》の宿《しゅく》から同じ汽車に乗り組んだと覚えている、腰掛の隅に頭《こうべ》を垂れて、死灰《しかい》の如《ごと》く控えたから別段目にも留《と》まらなかった。

尾張《おわり》の停車場《ステイション》で他の乗組員は言合《いいあわ》せたように、不残《のこらず》下りたので、函《はこ》の中には唯《ただ》上人と私《わたし》と二人になった。

この汽車は新橋を昨夜《さくや》九時半に発《た》って、今夕《こんせき》敦賀に入ろうという、名古屋では正午《ひる》だったから、飯に一折《ひとおり》の鮨《すし》を買った。旅僧も私《わたし》と同じくその鮨を求めたのであるが、蓋《ふた》を開《あ》けると、ばらばらと海苔《のり》が懸《かか》った、五目飯《ちらし》の下等なので。

（やあ、人参《にんじん》と干瓢《かんぴょう》ばかりだ。）と粗忽《そそ》ッかしく絶叫した。私《わたし》の顔を見て旅僧は耐《こら》え兼ねたものと見える、吃々《くつくつ》と笑い出した、固《もと》より二人ばかりなり、知己《ちかづき》にはそれからなったのだが、聞けばこれから越前へ行って、派は違うが永平寺《えいへいじ》に訪ねるものがある、但《ただ》し敦賀に一泊とのこと。

若狭《わかさ》へ帰省する私《わたし》もおなじ処《ところ》で泊らねばならないのであるから、其処《そこ》で同行の約束が出来た。

渠《かれ》は高野山《こうやさん》に籍を置くものだといった、年配四十五、六、柔和な何等《なんら》の奇も見えぬ、可懐《なつかし》い、おとなしやかな風采《とりなり》で、羅紗《らしゃ》の角袖《かくそで》の外套《がいとう》を着て、白のふらんねるの襟巻《えりまき》をしめ、土耳古形《トルコがた》の帽《ぼう》を冠《かぶ》り、毛糸の手袋を嵌《は》め、白足袋《しろたび》に日和下駄《ひよりげた》で、一見、僧侶よりは世の中の宗匠《そうしょう》というものに、それよりも寧《むし》ろ俗歟《か》。

（お泊りは何方《どちら》じゃな、）といって聞かれたから、私《わたし》は一人旅の旅宿《りょしゅく》の詰《つま》らなさを、染々歎息《しみじみたんそく》した、第一盆を持って女中が坐睡《いねむり》をする、番頭が空世辞《そらせじ》をいう、廊下を歩行《ある》くとじろじろ目をつける、何より最も耐《た》え難いのは晩飯の支度が済むと、忽《たちま》ち灯《あかり》を行燈《あんどん》に換えて、薄暗い処でお休みなさいと命令されるが、私《わたし》は夜《よ》が更けるまで寐《ね》ることが出来ないから、その間《あいだ》の心持といったらない、殊にこの頃の夜《よ》は長し、東京を出る時から一晩の泊《とまり》が気になってならない位《くらい》、差支《さしつか》えがなくば御僧《おんそう》と御一所《ごいっしょ》に。

快く頷《うなず》いて、北陸地方を行脚《あんぎゃ》の節《せつ》はいつでも杖《つえ》を休める香取屋《かとりや》というのがある、旧《もと》は一軒の旅店であったが、一人女《ひとりむすめ》の評判なのがなくなってからは看板を外した、けれども昔から懇意な者は断らず泊めて、老人《としより》夫婦が内端《うちわ》に世話をしてくれる、宜《よろ》しくばそれへ、その代《かわり》といいかけて、折を下に置いて、

（御馳走《ごちそう》は人参と干瓢ばかりじゃ。）

と呵々《からから》と笑った、慎み深そうな打見《うちみ》よりは気の軽い。

二

岐阜《ぎふ》では未《ま》だ蒼空《あおぞら》が見えたけれども、後は名にし負う北国空《ほっこくぞら》、米原《まいばら》、長浜は薄曇、幽《かすか》に日が射《さ》して、寒さが身に染みると思ったが、柳《やな》ケ瀬《せ》では雨、汽車の窓が暗くなるに従うて、白いものがちらちら交《まじ》って来た。

(雪ですよ。)

(然《さ》ようじゃな。)といったばかりで別に気に留めず、仰いで空を見ようともしない、この時に限らず、賤《しず》ケ岳《たけ》が、といって、古戦場を指した時も、琵琶湖《びわこ》の風景を語った時も、旅僧は唯《ただ》頷いたばかりである。

敦賀《つるが》で悚毛《おぞけ》の立つほど煩《わずら》わしいのは宿引《やどひき》の悪弊《あくへい》で、その日も期したる如《ごと》く、汽車を下《お》ると停車場《ステイション》の出口から町端《まちはな》へかけて招きの提灯《ちょうちん》、印傘《しるしがさ》の堤を築き、潜抜《くぐりぬ》ける隙《すき》もあらなく旅人を取囲んで、手《て》ン手《で》に喧《かまびす》しく己《おの》が家号を呼立てる、中にも烈《はげ》しいのは、素早く手荷物を引手繰《ひったく》って、へい難有《ありがと》う様《さま》で、を喰《くら》わす、頭痛持《ずつうもち》は血が上《のぼ》るほど耐《こら》え切れないのが、例の下を向いて悠々と小取廻《ことりまわ》しに通抜《とおりぬ》ける旅僧は、誰《たれ》も袖《そで》を曳《ひ》かなかったから、幸いその後に跟《つ》いて町へ入って、吻《ほっ》という息を吐《つ》いた。

雪は小止《おやみ》なく、今は雨も交《まじ》らず乾いた軽いのがさらさらと面《おもて》を打ち、宵ながら門を鎖《とざ》した敦賀の通《とおり》はひっそりして一条二条縦横《いちじょうにじょうたてよこ》に、辻《つじ》の角は広々と、白く積《つも》った中を、道の程八町ばかりで、唯《と》ある軒下に辿《たど》り着いたのが名指《なざし》の香取屋。

床《とこ》にも座敷にも飾りといっては無いが、柱立《はしらだち》の見事な、畳の堅い、炉の大いなる、自在鍵《じざいかぎ》の鯉《こい》は鱗《うろこ》が黄金造《こがねづくり》であるかと思わるる艶《つや》を持った、素ばらしい竈《へッつい》を二ツ並べて一斗飯《いっとめし》は焚《た》けそうな目覚しい釜《かま》の懸った古家《ふるいえ》で。

亭主は法然天窓《ほうねんあたま》、木綿の筒袖の中へ両手の先を竦《すく》まして、火鉢の前でも手を出さぬ、ぬうとした親仁《おやじ》、女房の方《ほう》は愛嬌《あいきょう》のある、一寸《ちょっと》世辞の可《い》い婆《ばあ》さん、件《くだん》の人参《にんじん》と干瓢《かんぴょう》の話を旅僧が打出《うちだ》すと、莞爾莞爾《にこにこ》笑いながら、縮緬雑魚《ちりめんざこ》と、鰈《かれい》の干物と、とろろ昆布《こんぶ》の味噌汁《みそしる》とで膳《ぜん》を出した、物の言振取成《いいぶりとりなし》なんど、如何《いか》にも、上人《しょうにん》とは別懇の間《あいだ》と見えて、連《つれ》の私《わたし》の居心《いごころ》の可《い》いと謂《い》ったらない。

軈《やが》て二階に寝床を拵《こしら》えてくれた、天井は低いが、梁《うつばり》は丸太で二抱《ふたかかえ》もあろう、屋の棟から斜《ななめ》に渡って座敷の果《はて》の廂《ひさし》の処《ところ》では天窓《あたま》に支《つか》えそうになっている、巌乗《がんじょう》な屋造《やづくり》、これなら裏の山から雪崩《なだれ》が来てもびくともせぬ。

特に炬燵《こたつ》が出来ていたから私《わたし》はそのまま嬉《うれ》しく入った。寝床はもう一組同《おなじ》一炬燵に敷いてあったが、旅僧はこれには来《きた》らず、横に枕を並べて、火の気のない臥床《ねどこ》に寝た。寝る時、上人は帯を解かぬ、勿論《もちろん》衣服も脱がぬ、着たまま円《まる》くなって俯向形《うつむきなり》に腰からすっぽりと入って、肩に夜具の袖を掛けると手を突いて畏《かしこま》った、その様子は我々と反対で、顔に枕をするのである。

程なく寂然《ひっそり》として寐に就きそうだから、汽車の中でもくれぐれいったのは此処《ここ》のこと、私《わたし》は夜《よ》が更けるまで寐ることが出来ない、あわれと思ってもう暫《しばら》くつきあって、そして諸国を行脚なすった内のおもしろい談《はなし》をといって打解けて幼《おさな》らしくねだった。

すると上人は頷いて、私《わし》は中年から仰向けに枕に就かぬのが癖で、寝るにもこの儘《まま》ではあるけれども目は未《ま》だなかなか冴《さ》えている、急に寐就《ねつ》かれないのはお前様と同一《おんなじ》であろう。出家のいうことでも、教《おしえ》だの、戒《いましめ》だの、説法とばかりは限らぬ、若いの、聞かっしゃい、と言って語り出した。後で聞くと宗門名誉の説教師で、六明寺《りくみんじ》の宗《しゅう》朝《ちょう》という大和尚《だいおしょう》であったそうな。

三

「今にもう一人此処《ここ》へ来て寝るそうじゃが、お前様と同国じゃの、若狭《わかさ》の者で塗物《ぬりもの》の旅商人《たびあきんど》。いやこの男なぞは若いが感心に実体《じってい》な好《よ》い男。

私《わたし》が今話の序開《じょびらき》をしたその飛騨《ひだ》の山越《やまごえ》を遣《や》った時の、麓《ふもと》の茶屋で一緒になった富山の売薬《ばいやく》という奴《やつ》あ、けたいの悪い、ねじねじした厭《いや》な壮佼《わかいもの》で。

先《ま》ずこれから峠に掛《かか》ろうという日の、朝早く、尤《もっと》も先《せん》の泊《とまり》はものの三時位《ぐらい》には発《た》って来たので、涼しい内に六里《ろくり》ばかり、その茶屋までのしたのじゃが朝晴《あさばれ》でじりじり暑いわ。

慾張《よくば》り抜いて大急ぎで歩いたから咽《のど》が渇いて為様《しよう》があるまい、早速茶を飲もうと思うたが、まだ湯が沸いておらぬという。

どうしてその時分じゃからというて、滅多に人通《ひとどお》りのない山道、朝顔の咲いてる内に煙が立つ道理もなし。

床几《しょうぎ》の前には冷たそうな小流《こながれ》があったから手桶《ておけ》の水を汲《く》もうとして一寸《ちょいと》気がついた。

それというのが、時節柄暑さのため、可恐《おそろし》い悪い病が流行《はや》って、先に通った辻などという村は、から一面に石灰《いしばい》だらけじゃあるまいか。

(もし、姉《ねえ》さん。)といって茶店《ちゃみせ》の女に、

(この水はこりゃ井戸のでござりますか。)と、極《きま》りも悪し、もじもじ聞くとの。

（いんね、川のでございます。）という、はて面妖《めんよう》なと思った。

（山したの方《ほう》には大分流行病《はやりやまい》がございますが、この水は何《なに》から、辻の方《ほう》から流れて来るのではありませんか。）

（そうでねえ。）と女は何気なく答えた、先ず嬉《うれ》しやと思うと、お聞きなさいよ。

此処に居て先刻《さっき》から休んでござったのが、右の売薬じゃ。このまた万金丹《まんきんたん》の下廻《したまわり》と来た日には、御存じの通り、千筋《せんすじ》の単衣《ひとえ》に小倉《こくら》の帯、当節は時計を挟んでいます、脚絆《きゃはん》、股引《ももひき》、これは勿論《もちろん》、草鞋《わらじ》がけ、千草木綿《ちぐさもめん》の風呂敷包《ふろしきづつみ》の角《かど》ばったのを首に結《ゆわ》えて、桐油合羽《とうゆがっぱ》を小さく畳んで此奴《こいつ》を真田紐《さなだひも》で右の包《つつみ》につけるか、小弁慶《こべんけい》の木綿の蝙蝠傘《こうもりがさ》を一本、お極《きまり》だね。一寸見《ちょいと》ると、いやどれもこれも克明で分別のありそうな顔をして。

これが泊《とまり》に着くと、大形《おおがた》の浴衣《ゆかた》に変って、帯広解《おびひろげ》で焼酎《しょうちゅう》をちびりちびり遣りながら、旅籠屋《はたごや》の女のふとった膝《ひざ》へ脛《すね》を上げようという輩《やから》じゃ。

（これや、法界坊。）

なんて、天窓《あたま》から嘗《な》めていら。

（異《おつ》なことをいうようだが何かね、世の中の女が出来ねえと相場が極《きま》って、すっぺら坊主になってやっぱり生命《いのち》は欲しいのかね、不思議じゃあねえか、争われねえもんだ、姉さん見ねえ、彼《あれ》で未《ま》だ未練のある内が可《い》いじゃあねえか。）といって顔を見合せて二人で呵々《からから》と笑った。

年紀《とし》は若し、お前様《まえさん》、私《わし》は真赤《まっか》になった、手に汲んだ川の水を飲みかねて猶予《ためら》っているとね。

ポンと煙管《きせる》を払《はた》いて、

（何《なに》、遠慮をしねえで浴びるほどやんなせえ、生命《いのち》が危《あやう》くなりゃ、薬を遣らあ、その為に私《わし》がついてるんだぜ、喃姉《なあねえ》さん。おい、それだっても無銭《ただ》じゃあ不可《いけね》えよ、憚《はばか》りながら神方万金丹《しんぽうまんきんたん》、一貼《いちじょう》三百だ、欲しくば買いな、未《ま》だ坊主に報捨《ほうしゃ》をするような罪は造らねえ、それともどうだお前いうことを肯《き》くか。）といって茶店の女の背中を叩《たた》いた。

私《わし》は匆々《そうそう》に遁出《にげだ》した。

いや、膝だの、女の背中だのといって、いけ年《とし》を仕《つかまつ》った和尚が業体《ぎょうてい》で恐入《おそれい》るが、話が、話じゃから其処《そこ》は宜《よろ》しく。」

四

「私《わし》も腹立《はらたち》紛れじゃ、無暗《むやみ》と急いで、それからどんどん山の裾《すそ》を田圃道《たんぼみち》へかかる。

半町ばかり行《ゆ》くと、路《みち》がこう急に高くなって、上《のぼ》りが一ケ処、横から能《よ》く見えた、弓形《ゆみなり》で宛《まる》で土で勅使橋《ちょくしばし》がかかってるような。上を見ながら、これへ足を踏懸《ふみか》けた時、以前の薬売《くすりうり》がすたすた遣《や》って来て追着《おいつ》いたが。

別に言葉も交さず、またものをいったからというて、返事をする気は此方《こっち》にもない。何処《どこ》までも人を凌《しの》いだ仕打《しうち》な薬売は流眄《しりめ》にかけて故《わざ》とらしゅう私《わし》を通越《とおりこ》して、すたすた前へ出て、ぬっと小山のような路の突先《とっさき》へ蝙蝠傘《こうもりがさ》を差して立ったが、そのまま向うへ下りて見えなくなる。

その後から爪先上《つまさきあが》り、軈《やが》てまた太鼓の胴のような路の上へ体が乗った、それなりにまた下《くだ》りじゃ。

売薬は先へ下りたが立停《たちどま》って頻《しき》りに四辺《あたり》を眗《みまわ》している様子、執念深く何《なに》か巧《たく》んだかと、快からず続いたが、さてよく見ると仔細《しさい》があるわい。

路は此処《ここ》で二条《ふたすじ》になって、一条《いちじょう》はこれから直《すぐ》に坂になって上《のぼ》りも急なり、草も両方から生茂《おいしげ》ったのが、路傍《みちばた》のその角の処《ところ》にある、それこそ四抱《よかかえ》、そうさな、五抱《いつかかえ》もあろうという一本の檜《ひのき》の、背後《うしろ》へ蜿《うね》って切出《きりだ》したような大巌《おおいわ》が二ツ三ツ四ツと並んで、上の方《ほう》へ層《かさ》なってその背後《うしろ》へ通じているが、私《わし》が見当をつけて、心組《こころぐ》んだのは此方《こっち》ではないので、やっぱり今まで歩いて来たその幅の広いなだらかな方《ほう》が正《まさ》しく本道、あと二里《にり》足らず行けば山になって、それからが峠になる筈《はず》。

唯《と》見ると、どうしたことかさ、今いうその檜じゃが、其処《そこ》らに何《なん》にもない路を横断《よこぎ》って見果《みはて》のつかぬ田圃《たんぼ》の中空《なかぞら》へ虹《にじ》のように突出ている、見事な。根方《ねがた》の処の土が壊《くず》れて大鰻《おおうなぎ》を捏《こ》ねたような根が幾筋ともなく露《あらわ》れた、その根から一筋の水が颯《さっ》と落ちて、地の上へ流れるのが、取って進もうとする道の真中《まんなか》に流出《ながれだ》してあたりは一面。

田圃が湖にならぬが不思議で、どうどうと瀬になって、前途《ゆくて》に一叢《ひとむら》の藪《やぶ》が見える、それを境にして凡《およ》そ二町ばかりの間宛《まる》で川じゃ。礫《こいし》はばらばら、飛石《とびいし》のようにひょいひょいと大跨《おおまた》で伝えそうにずっと見ごたえのあるのが、それでも人の手で並べたに違いはない。

尤《もっと》も衣服《きもの》を脱いで渡るほどの大事なのではないが、本街道には些《ち》と難儀過ぎて、なかなか馬などが歩行《ある》かれる訳のものではないので。

売薬もこれで迷ったのであろうと思う内、切放《きれはな》れよく向《むき》を変えて右の坂をすたすたと上《のぼ》りはじめた。見る間《ま》に檜を後《うしろ》に潜《くぐ》り抜けると、私《わし》が体の上あたりへ出て下を向き、

（おいおい、松本へ出る路は此方《こっち》だよ、）といって無造作にまた五、六歩。

岩の頭へ半身を乗出して、

（茫然《ぼんやり》してると、木精《こだま》が攫《さら》うぜ、昼間だって容赦《ようしゃ》はねえよ。）と嘲《あざけ》るが如《ごと》く言《い》い棄《す》てたが、軈《やが》て岩の陰に入って高い処の草に隠れた。

暫《しばら》くすると見上げるほどな辺《あたり》へ蝙蝠傘の先が出たが、木の枝とすれすれになって茂《しげみ》の中に見えなくなった。

（どッこいしょ、）と暢気《のんき》なかけ声で、その流《ながれ》の石の上を飛々《とびとび》に伝《つた》って来たのは、茣《ご》蓙《ざ》の尻当《しりあて》をした、何《なん》にもつけない天秤棒《てんびんぼう》を片手で担いだ百姓じゃ。」

五

「先刻《さっき》の茶店《ちゃみせ》から此処《ここ》へ来るまで、売薬《ばいやく》の外《ほか》は誰《たれ》にも逢《あ》わなんだことは申上げるまでもない。

今別れ際に声を懸けられたので、先方《むこう》は道中の商売人と見ただけに、まさかと思ってもも気迷《きまよい》がするので、今朝も立ちぎわによく見て来た、前にも申す、その図面をな、此処でも開《あ》けて見ようとしていた処《ところ》。

(一寸《ちょいと》伺いとう存じますが、)

(これは何《なん》でござりまする、)と山国《やまぐに》の人などは殊に出家と見ると丁寧にいってくれる。

(いえ、お伺い申しますまでもございませんが、道はやっぱりこれを素直《まっすぐ》に参るのでございましょうな。)

(松本へ行《ゆ》かっしゃる? あああ本道じゃ、何《なに》ね、この間の梅雨《つゆ》に水が出て、とてつもない川さ出来たでがすよ。)

(未《ま》だずっと何処《どこ》までもこの水でございましょうか。)

(何《なん》のお前様、見たばかりじゃ、訳はござりませぬ、水になったのは向うのあの藪《やぶ》までで、後はやっぱりこれと同一《おなじ》道筋で山までは荷車が並んで通るでがす。藪のあるのは旧《もと》大きいお邸《やしき》の医者様の跡でな、此処等《ここいら》はこれでも一ツの村でがした、十三年前の大水の時、から一面に野良になりましたよ、人死《ひとじに》もいけえこと。御坊様歩行《ごぼうさまある》きながらお念仏でも唱えて遣《や》ってくれさっしゃい。)と問わぬことまで深切に話します。それで能《よ》く仔細《しさい》が解《わか》って確《たしか》になりはなったけれども、現に一人踏迷《ふみまよ》った者がある。

(此方《こちら》の道はこりゃ何処へ行《ゆ》くので、)といって売薬の入った左手《ゆんで》の坂を尋ねて見た。

（はい、これは五十年ばかり前までは人が歩行《ある》いた旧道でがす。やっぱり信州へ出まする、先は一つで七里《しちり》ばかり総体《そうたい》近うござりますが、いや今時往来の出来るのじゃあござりませぬ。去年も御坊様《おぼうさま》、親子連《おやこづれ》の順礼が間違えて入ったというで、はれ大変な、乞食《こじき》を見たような者じゃというて、人命に代りはねえ、追《おっ》かけて助けべえと、巡査様《おまわりさま》が三人、村の者が十二人、一組になってこれから押登《おしのぼ》って、やっと連れて戻った位《くらい》でがす。御坊様《ごぼうさま》も血気に逸《はや》って近道をしてはなりましねえぞ、草臥《くたび》れて野宿をしてからが此処を行《ゆ》かっしゃるよりは増《まし》でござるに。はい、気を付けて行《ゆ》かっしゃれ。）

此処で百姓に別れてその川の石の上を行《ゆ》こうとしたが弗《ふ》と猶予《ためら》ったのは売薬の身の上で。

まさかに聞いたほどでもあるまいが、それが本当ならば見殺《みごろし》じゃ、どの道私《わたし》は出家の体《からだ》、日が暮れるまでに宿へ着いて屋根の下に寝るには及ばぬ、追着《おっつ》いて引戻して遣ろう。罷違《まかりちご》うて旧道を皆歩行《ある》いても怪《け》しゅうはあるまい、こういう時候じゃ、狼《おおかみ》の旬《しゅん》でもなく、魑魅魍魎《ちみもうりょう》の汐《しお》さきでもない、ままよ、と思うて、見送ると早《は》や深切な百姓の姿も見えぬ。

（可《よ》し。）

思切《おもいき》って坂道を取って懸った、侠気《おとこぎ》があったのではござらぬ、血気に逸《はや》ったでは固《もと》よりない、今申したようではずっともう悟ったようじゃが、いやなかなかの臆病者、川の水を飲むのさえ気が怯《ひ》けたほど生命《いのち》が大事で、何故《なぜ》またと謂《い》わっしゃるか。唯挨拶《ただあいさつ》をしたばかりの男なら、私《わし》は実の処、打棄《うっちゃ》って置いたに違いはないが、快からぬ人と思ったから、そのままで見棄《みす》てるのが、故《わざ》とするようで、気が責めてならなんだから、」

と宗朝《しゅうちょう》はやはり俯向《うつむ》けに床《とこ》に入ったまま合掌していった。

「それでは口でいう念仏にも済まぬと思うてさ。」

六

「さて、聞かっしゃい、私《わし》はそれから檜《ひのき》の裏を抜けた、岩の下から岩の上へ出た、樹《き》の中を潜《くぐ》って草深い径《こみち》を何処《どこ》までも、何処までも。

すると何時《いつ》の間《ま》にか今上《のぼ》った山は過ぎてまた一ツ山が近《ちか》づいて来た、この辺暫《あたりしばら》くの間は野が広々として、先刻《さっき》通った本街道よりもっと幅の広い、なだらかな一筋道。

心持《こころもち》西と、東と、真中《まんなか》に山を一ツ置いて二条《ふたすじ》並んだ路《みち》のような、いかさまこれならば槍《やり》を立てても行列が通ったであろう。

この広《ひろ》ッ場《ぱ》でも目の及ぶ限り芥子粒《けしつぶ》ほどの大《おお》きさの売薬《ばいやく》の姿も見ないで、時々焼けるような空を小さな虫が飛《と》び歩行《ある》いた。

歩行《ある》くにはこの方《ほう》が心細い、あたりがぱッとしていると便《たより》がないよ。勿論飛騨越《ひだごえ》と銘を打った日には、七里《しちり》に一軒十里に五軒という相場、其処《そこ》で粟《あわ》の飯にありつけば都合も上《じょう》の方《ほう》ということになっております。それを覚悟のことで、足は相応に達者、いや屈せずに進んだ進んだ。すると、段々また山が両方から逼《せま》って来て、肩に支《つか》えそうな狭いことになった、直《すぐ》に上《のぼり》。

さあ、これからが名代《なだい》の天生峠《あもうとうげ》と心得たから、此方《こっち》もその気になって、何しろ暑いので、喘《あえ》ぎながら先《ま》ず草鞋《わらじ》の紐《ひも》も緊直《しめなお》した。

丁度この上口《のぼりぐち》の辺《あたり》に美濃《みの》の蓮大寺《れんだいじ》の本堂の床下まで吹抜けの風穴《かざあな》があるということを年経《とした》ってから聞きましたが、なかなか其処どころの沙汰《さた》ではない、一生懸命、景色も奇跡もあるものかい、お天気さえ晴れたか曇ったか訳が解《わか》らず、目《ま》じろぎもしないですたすたと捏《こ》ねて上《のぼ》る。

とお前様お聞かせ申す話は、これからじゃが、最初に申す通り路《みち》がいかにも悪い、宛然《まるで》人が通いそうでない上に、恐しいのは、蛇で。両方の叢《くさむら》に尾と頭とを突込《つっこ》んで、のたりと橋を渡しているではあるまいか。私《わし》は真先《まっさき》に出会《でっくわ》した時は笠《かさ》を被《かぶ》って竹杖《たけづえ》を突いたまま、はッと息を引いて膝《ひざ》を折って坐《すわ》ったて。

いやもう生得大嫌《しょうとくだいきらい》、嫌《きらい》というより恐怖《こわ》いのでな。

その時は先ず人助けにずるずると尾を引いて、向うで鎌首を上げたと思うと草をさらさらと渡った。

漸《ようよ》う起上《おきあが》って道の五、六町も行《ゆ》くと、また同一《おなじ》ように、胴中《どうなか》を乾かして尾も首も見えぬが、ぬたり！

あッというて飛退《とびの》いたが、それも隠れた。三度目に出会ったのが、いや急には動かず、然《しか》も胴体の太さ、譬《たと》い這出《はいだ》した処《ところ》でぬらぬらと遣《や》られては凡《およ》そ五分間位《ぐらい》尾を出すまでに間《ま》があろうと思う長虫《ながむし》と見えたので、已《や》むことを得ず私《わし》は跨《また》ぎ越した、途端に下腹《したっぱら》が突張《つっぱ》ってぞッと身の毛、毛穴が不残鱗《のこらずうろこ》に変って、顔の色もその蛇のようになったろうと目を塞《ふさ》いだ位《くらい》。

絞るような冷汗になる気味の悪さ、足が竦《すく》んだというて立っていられる数《すう》ではないからびくびくしながら路を急ぐとまたしても居たよ。

然《しか》も今度のは半分に引切《ひっき》ってある胴から尾ばかりの虫じゃ、切口が蒼《あおみ》を帯びてそれでこう黄色な汁が流れてぴくぴくと動いたわ。

我を忘れてばらばらとあとへ遁帰《にげかえ》ったが、気が付けば例のが未《ま》だ居るであろう、譬い殺されるまでも二度とは彼《あれ》を跨ぐ気はせぬ。ああ先刻《さっき》のお百姓がものの間違《まちがい》でも故《ふる》道《みち》には蛇がこうといってくれたら、地獄へ落ちても来なかったにと照りつけられて、涙が流れた、南無阿弥陀仏《なむあみだぶつ》、今でも悚然《ぞっ》とする。」と額に手を。

七

「果《はてし》が無いから胆《きも》を据えた、固《もと》より引返す分《ぶん》ではない。旧《もと》の処《ところ》にはやっぱり丈足《じょうた》らずの骸《むくろ》がある、遠くへ避けて草の中へ駈《か》け抜けたが、今にもあとの半分が絡《まと》いつきそうで耐《たま》らぬから気臆《きおくれ》がして足が筋張ると石に躓《つまず》いて転んだ、その時膝節《ひざぶし》を痛めましたものと見える。

それからがくがくして歩行《ある》くのが少し難渋になったけれども、此処《ここ》で倒れては温気《うんき》で蒸殺《むしころ》されるばかりじゃと、我身《わがみ》で我身を激《はげ》まして首筋を取って引立《ひきた》てるようにして峠の方《ほう》へ。

何《なに》しろ路傍《みちばた》の草いきれが可恐《おそろ》しい、大鳥《おおとり》の卵見たようなものなんぞ足許《あしもと》にごろごろしている茂り塩梅《あんばい》。

また二里《にり》ばかり大蛇《おろち》の蜿《うね》るような坂を、山懐《やまぶところ》に突当って岩角を曲って、木の根を繞《めぐ》って参ったが此処のことで余りの道じゃったから、参謀本部の絵図面を開《ひら》いて見ました。

何《なに》やっぱり道は同一《おんなじ》で聞いたにも見たのにも変《かわり》はない、旧道は此方《こちら》に相違はないから心遣《こころや》りにも何《なん》にもならず、固より歴《れっき》とした図面というて、描《か》いてある道は唯栗《ただくり》の毬《いが》の上へ赤い筋が引張ってあるばかり。

難儀さも、蛇も、毛虫も、鳥の卵も、草いきれも、記してある筈《はず》はないのじゃから、薩張《さっぱり》と畳んで懐に入れて、うむとこの乳の下へ念仏を唱え込んで立直ったは可《よ》いが、息も引かぬ内に情無《なさけな》い長虫が路《みち》を切った。

其処《そこ》でもう所詮叶《しょせんかな》わぬと思ったなり、これはこの山の霊であろうと考えて、杖《つえ》を棄《す》てて膝《ひざ》を曲げ、じりじりする地《つち》に両手をついて、

(誠に済みませぬがお通しなすって下さりまし、成《なる》たけお午睡《ひるね》の邪魔になりませぬ

ように密《そっ》と通行いたしまする。

御覧の通り杖も棄てました。）と我折《がお》れ染々《しみじみ》と頼んで額を上げるとざっという凄《すさま》じい音で。

心持《こころもち》余程の大蛇《だいじゃ》と思った、三尺《さんじゃく》、四尺、五尺四方、一丈余《よ》、段々と草の動くのが広がって、傍《かたえ》の渓《たに》へ一文字《いちもんじ》に颯《さっ》と靡《なび》いた、果《はて》は峰も山も一斉に揺《ゆら》いだ、恐毛《おぞけ》を震って立竦《すく》むと涼しさが身に染みて、気が付くと山颪《やまおろし》よ。

この折から聞えはじめたのは哄《どっ》という山彦《こだま》に伝わる響、丁度山の奥に風が渦巻いて其処から吹起《ふきおこ》る穴があいたように感じられる。

何《なに》しろ山霊《さんれい》感応あったか、蛇は見えなくなり暑さも凌《しの》ぎよくなったので、気も勇み足も捗取《はかど》ったが、程なく急に風が冷たくなった理由を会得することが出来た。

というのは目の前に大森林があらわれたので。

世の譬《たとえ》にも天生峠《あもうとうげ》は蒼空《あおぞら》に雨が降るという、人の話にも神代《かみよ》から杣《そま》が手を入れぬ森があると聞いたのに、今までは余り樹《き》がなさ過ぎた。

今度は蛇のかわりに蟹《かに》が歩きそうで草鞋《わらじ》が冷えた。暫《しばら》くすると暗くなった、杉、松、榎《えのき》と処々《ところどころ》見分けが出来るばかりに遠い処から幽《かすか》に日の光の射《さ》すあたりでは、土の色が皆《みな》黒い。中には光線が森を射通《いとお》す工合《ぐあい》であろう、青だの、赤だの、ひだが入《い》って美しい処があった。

時々爪尖《つまさき》に絡《から》まるのは葉の雫《しずく》の落溜《おちたま》った糸のような流《ながれ》で、これは枝を打って高い処を走るので。ともするとまた常磐木《ときわぎ》が落葉《おちば》する、何《なん》の樹とも知れずばらばらと鳴り、かさかさと音がしてぱっと檜笠《ひのきがさ》にかかることもある、或《あるい》は行過《ゆきす》ぎた背後《うしろ》へこぼれるのもある、それらは枝から枝に溜っていて何十年ぶりではじめて地《つち》の上まで落ちるのか分らぬ。」

八

「心細さは申すまでもなかったが、卑怯《ひきょう》な様《よう》でも修行の積まぬ身には、こういう暗い処《ところ》の方《ほう》が却《かえ》って観念に便《たより》が宜《よ》い。何《なに》しろ体が凌《しの》ぎよくなったために足の弱《よわり》も忘れたので、道も大きに捗取《はかど》って、先《ま》ずこれで七分《しちぶ》は森の中を越したろうと思う処で五、六尺天窓《あたま》の上らしかった樹《き》の枝から、ぼたりと笠《かさ》の上へ落ち留まったものがある。

鉛の錘《おもり》かとおもう心持《こころもち》、何《なに》か木《き》の実ででもあるか知らんと、二、三度振って見たが附着《くっつ》いていてそのままには取れないから、何心《なにごころ》なく手をやって摑《つか》むと、滑らかに冷《ひや》りと来た。

見ると海鼠《なまこ》を裂いたような目も口もない者じゃが、動物には違いない。不気味で投《なげ》出《だ》そうとするとずるずると辷《すべ》って指の尖《さき》へ吸《すい》ついてぶらりと下《さが》った、その放《はな》れた指の尖《さき》から真赤《まっか》な美しい血が垂々《たらたら》と出たから、吃驚《びっくり》して目の下へ指をつけてじっと見ると、今折曲げた肱《ひじ》の処へつるりと垂懸《たれかか》っているのは同形《おなじ》をした、幅が五分、丈《たけ》が三寸《さんずん》ばかりの山海鼠《やまなまこ》。

呆気《あっけ》に取られて見る見る内に、下の方《ほう》から縮みながら、ぶくぶくと太って行《ゆ》くのは生血《いきち》をしたたかに吸込む所為《せい》で、濁った黒い滑らかな肌に茶褐色の縞《しま》をもった、疣《いぼ》胡瓜《きゅうり》のような血を取る動物、此奴《こいつ》は蛭《ひる》じゃよ。

誰《た》が目にも見違えるわけのものではないが、図抜《ずぬけ》て余り大きいから一寸《ちょっと》は気がつかぬであった、何《なん》の畠《はたけ》でも、甚麽《どんな》履歴のある沼でも、この位《くらい》な蛭はあろうとは思われぬ。

肱をばさりと振《ふる》ったけれども、よく喰込《くいこ》んだと見えてなかなか放れそうにしないから不気味ながら手で抓《つま》んで引切《ひっき》ると、ぷつりといってようよう取れる、暫時《しばらく》も耐《たま》ったものではない、突然《いきなり》取って大地へ叩《たた》きつけると、これほどの奴等《やつら》が何万となく巣をくって我《わが》ものにしていようという処、予《かね》てその用意はしていると思われるばかり、日のあたらぬ森の中の土は柔《やわらか》い、潰《つぶ》れそうにもないのじゃ。

と最早《もは》や頸《えり》のあたりがむずむずして来た、平手《ひらて》で扱《こい》て見ると横撫《よこなで》に蛭の背《せな》をぬるぬるとすべるという、やあ、乳の下へ潜《ひそ》んで帯の間にも一疋《いっぴき》、蒼《あお》くなってそッと見ると肩の上にも一筋。

思わず飛上って総身《そうしん》を震いながらこの大枝の下を一散にかけぬけて、走りながら先ず心覚えの奴だけは夢中でもぎ取った。

何《なん》にしても恐《おそろ》しい今の枝には蛭が生《な》っているのであろうと余《あまり》の事に思って振返ると、見返った樹の何《なん》の枝か知らずやっぱり幾ツということもない蛭の皮じゃ。

これはと思う、右も、左も、前の枝も、何《なん》の事はないまるで充満《いっぱい》。

私《わし》は思わず恐怖の声を立てて叫んだ、すると何《なん》と？　この時は目に見えて、上からぼたりぼたりと真黒《まっくろ》な痩《や》せた筋の入った雨が体へ降《ふり》かかって来たではないか。

草鞋《わらじ》を穿《は》いた足の甲へも落ちた上へまた累《かさな》り、並んだ傍《わき》へまた附着《くっつ》いて爪先《つまさき》も分らなくなった、そうして活《い》きてると思うだけ脈を打って血を吸うような、思いなしか一ツ一ツ伸縮《のびちぢみ》をするようなのを見るから気が遠くなって、その時不思議な考えが起きた。

この恐しい山蛭《やまびる》は神代《かみよ》の古《いにしえ》から此処《ここ》に屯《たむろ》をしていて、人の来るのを待ちつけて、永い久しい間《あいだ》にどの位何斛《くらいなんごく》かの血を吸うと、其処《そこ》でこの虫の望《のぞみ》が叶《かな》う、その時はありったけの蛭が不残《のこらず》吸っただけの人間の血を吐出《はきだ》すと、それがために土がとけて山一ツ一面に血と泥との大沼にかわるであろう、それと同時に此処に日の光を遮《さえぎ》って昼もなお暗い大木が切々《きれぎれ》に一ツ一ツ蛭になって了《しま》うのに相違ないと、いや、全くの事で。」

九

「凡《およ》そ人間が滅びるのは、地球の薄皮が破れて空から火が降るのでもなければ、大《たい》海《かい》が押被《おっかぶ》さるのでもない、飛驒国《ひだのくに》の樹林《きばやし》が蛭になるのが最初で、しまいには皆《みんな》血と泥の中に筋の黒い虫が泳ぐ、それが代《だい》がわりの世界であろうと、ぼんやり。

なるほどこの森も入口では何《なん》の事もなかったのに、中へ来るとこの通り、もっと奥深く進んだら早《は》や不残立樹《のこらずたちき》の根の方《ほう》から朽ちて山蛭になっていよう、助かるまい、此処《ここ》で取殺《とりころ》される因縁らしい、取留めのない考えが浮んだのも人が知死期《ちしご》に近《ちか》づいたからだと弗《ふ》と気が付いた。

どの道死ぬるものなら一足《ひとあし》でも前へ進んで、世間の者が夢にも知らぬ血と泥の大沼の片端でも見て置こうと、そう覚悟が極《きま》っては気味の悪いも何《なに》もあったものじゃない、体中珠数生《じゅずなり》になったのを手当次第《てあたりしだい》に掻《か》い除け挘《むし》り棄《す》て、抜き取りなどして、手を挙げ足を踏んで、宛《まる》で躍り狂う形で歩行《ある》き出した。

はじめの中《うち》は一廻《ひとまわり》も太ったように思われて痒《かゆ》さが耐《たま》らなかったが、しまいにはげっそり痩《や》せたと感じられてずきずき痛んでならぬ、その上を容赦なく歩行《ある》く内にも入交《いりまじ》りに襲いおった。

既に目も眩《くら》んで倒れそうになると、禍《わざわい》はこの辺が絶頂であったと見えて、隧道《トンネル》を抜けたように、遥《はるか》に一輪のかすれた月を拝んだのは、蛭の林の出口なので。

いや蒼空《あおぞら》の下へ出た時には、何《なん》のことも忘れて、砕けろ、微塵《みじん》になれと横なぐりに体を山路《やまじ》へ打倒《うちたお》した。それでからもう砂利でも針でもあれと地《つち》へこすりつけて、十余《とお》りも蛭の死骸《しがい》を引《ひっ》くりかえした上から、五《ご》、六間《ろっけん》向うへ飛んで身顫《みぶるい》をして突立《つった》った。

人を馬鹿にしているではありませんか。あたりの山では処々《ところどころ》茅蜩殿《ひぐらしどの》、血と泥の大沼になろうという森を控えて鳴いている、日は斜《ななめ》、渓底《たにそこ》はもう暗い。

先《ま》ずこれならば狼《おおかみ》の餌食《えじき》になってもそれは一思《ひとおもい》に死なれるからと、路《みち》は丁度だらだら下《お》りなり、小僧さん、調子はずれに竹の杖《つえ》を肩にかついで、すたこら遁《に》げたわ。

これで蛭に悩まされて痛いのか、痒《かゆ》いのか、それとも擽《くすぐ》ったいのか得もいわれぬ苦しみさえなかったら、嬉《うれ》しさに独り飛騨《ひだ》山越《やまごえ》の間道《かんどう》で、御経《おきょう》に節《ふし》をつけて外道踊《げどうおどり》をやったであろう、一寸清心丹《ちょっとせいしんたん》でも噛砕《かみくだ》いて疵口《きずぐち》へつけたらどうだと、大分世の中の事に気がついて来たわ。抓《つね》っても確《たしか》に活返《いきかえ》ったのじゃが、それにしても富山の薬売《くすりうり》はどうしたろう、あの様子では疾《とう》に血になって泥沼に。皮ばかりの死骸は森の中の暗い処、おまけに意地の汚い下司《げす》な動物が骨までしゃぶろうと何百という数《すう》でのしかかっていた日には、酢をぶちまけても分る気遣《きづかい》はあるまい。

こう思っている間、件《くだん》のだらだら坂は大分長かった。

それを下《くだ》り切ると流《ながれ》が聞えて、飛んだ処に長さ一間《いっけん》ばかりの土橋《どばし》がかかっている。

はやその谷川の音を聞くと我身《わがみ》で持余《もてあま》す蛭の吸殻を真逆《まっさかさま》に投込んで、水に浸したら嘶《さぞ》可《い》い心地であろうと思う位《くらい》、何《なん》の渡りかけて壊れたらそれなりけり。

危いとも思わずにずっと懸る、少しぐらぐらとしたが難なく越した。向うからまた坂じゃ、今度は上《のぼ》りさ、御苦労千万。」

十

「到底《とて》もこの疲れようでは、坂を上《のぼ》るわけには行《い》くまいと思ったが、ふと前途《ゆくて》に、ヒイインと馬の嘶《いなな》くのが谺《こだま》して聞えた。

馬士《まご》が戻るのか小荷駄《こにだ》が通るか、今朝一人の百姓に別れてから時の経《た》ったは僅《わずか》じゃが、三年も五年も同一《おんなじ》ものをいう人間とは中を隔てた。馬が居《い》るようでは左《と》も右《かく》も人里に縁があると、これがために気が勇んで、ええやっと今一揉《いまひともみ》。

一軒の山家《やまが》の前へ来たのには、さまで難儀は感じなかった、夏のことで戸障子のしまりもせず、殊に一軒家、あけ開《ひら》いたなり門というてもない、突然破縁《いきなりやれえん》になって男が一人、私《わし》はもう何《なん》の見境もなく、

(頼みます、頼みます、)というさえ助《たすけ》を呼ぶような調子で、取縋《とりすが》らぬばかりにした。

(御免なさいまし、)といったがものもいわない、首筋をぐったりと、耳を肩で塞《ふさ》ぐほど顔を横にしたまま小児《こども》らしい、意味のない、然《しか》もぼっちりした目で、じろじろと門に立ったものを瞻《みつ》める、その瞳《ひとみ》を動かすさえ、おっくうらしい、気の抜けた身の持《もち》方《かた》。裾短《すそみじ》かで袖《そで》は肱《ひじ》より少《すく》ない、糊気《のりけ》のある、ちゃんちゃんを着て、胸のあたりで紐《ひも》で結《ゆわ》えたが、一ツ身のものを着たように出ッ腹の太り肉《ふとじし》、太鼓を張ったくらいに、すべすべとふくれて然《しか》も出臍《でべそ》という奴《やつ》、南瓜《かぼちゃ》の蔕《へた》ほどな異形《いぎょう》な者を片手でいじくりながら幽霊の手つきで、片手を宙にぶらり。

足は忘れたか投出した、腰がなくば暖簾《のれん》を立てたように畳まれそうな、年紀《とし》がそれでいて二十二、三、口をあんぐりやった上唇で巻込めよう、鼻の低さ、出額《でびたい》。五分刈《ごぶがり》の伸びたのが前は鶏冠《とさか》の如《ごと》くになって、頸脚《えりあし》へ撥《は》ねて耳に被《かぶさ》った、唖《おし》か、白痴《ばか》か、これから蛙《かえる》になろうとするような少年。私《わし》は驚いた、此方《こっち》の生命《いのち》に別条はないが、先方《さき》様《さま》の形相《ぎょうそう》。いや、大別条《おおべつじょう》。

(一寸《ちょいと》お願い申します。)

それでも為方《しかた》がないからまた言葉をかけたが少しも通ぜず、ばたりというと僅《わずか》に首の位置をかえて今度は左の肩を枕にした、口の開《あ》いてること旧《もと》の如し。

こういうのは、悪くすると突然《いきなり》ふんづかまえて臍を捻《ひね》りながら返事のかわりに嘗《な》めようも知れぬ。

私《わし》は一足退《ひとあしすさ》ったが、いかに深山《しんざん》だといってもこれを一人で置くという法はあるまい、と足を爪立《つまだ》てて少し声高《こわだか》に、

(何方《どなた》ぞ、御免なさい、)といった。

背戸と思うあたりで再び馬の嘶く声。

(何方《どなた》、)と納戸の方《ほう》でいったのは女じゃから、南無三宝《なむさんぼう》、この白い首には鱗《うろこ》が生え

て、体は床《ゆか》を這《は》って尾をずるずると引いて出ようと、また退《すさ》った。

（おお、御坊様《おぼうさま》。）と立顕《たちあらわ》れたのは小造《こづくり》の美しい、声も清《すず》しい、ものやさしい。

私《わし》は大息を吐《つ》いて、何《なん》にもいわず、

（はい。）と頭《つむり》を下げましたよ。

婦人《おんな》は膝《ひざ》をついて坐《すわ》ったが、前へ伸上《のびあが》るようにして、黄昏《たそがれ》にしょんぼり立った私《わし》が姿を透かして見て、

（何《なに》か用でござんすかい。）

休めともいわずはじめから宿の常世《つねよ》は留守らしい、人を泊めないと極《き》めたもののように見える。

いい後《おく》れては却《かえ》って出そびれて頼むにも頼まれぬ仕誼《しぎ》にもなることと、つかつかと前へ出た。

丁寧に腰を屈《かが》めて、

（私《わし》は、山越《やまごえ》で信州へ参ります者ですが旅籠《はたご》のございます処《ところ》までは未《ま》だどの位《くらい》でございましょう。）

十一

（貴方《あなた》まだ八里余《はちりあまり》でございますよ。）

（その他《ほか》に別に泊めてくれます家《うち》もないのでしょうか。）

（それはございません。）といいながら目《ま》たたきもしないで清《すず》しい目で私《わし》の顔をつくづく見ていた。

（いえもう何《なん》でございます、実はこの先《さき》一町行《ゆ》け、そうすれば上段の室《へや》に寝かして一晩扇《あお》いでいてそれで功徳のためにする家《うち》があると承りましても、全くの処一足《ひとあし》も歩行《ある》けますのではございません、何処《どこ》の物置でも馬小屋の隅でも宜《よ》いのでございますから後生《ごしょう》でございます。）と先刻《さっき》馬の嘶《いなな》いたのは此家《ここ》より外《ほか》にはないと思ったから言った。

婦人《おんな》は暫《しばら》く考えていたが、弗《ふ》と傍《わき》を向いて布の袋を取って、膝のあたりに置いた桶《おけ》の中へざらざらと一幅《ひとはば》、水を溢《こぼ》すようにあけて縁《ふち》をおさえて、手で掬《すく》って俯向《うつむ》いて見たが、

（ああ、お泊め申しましょう、丁度炊《た》いてあげますほどお米もございますから、そ

れに夏のことで、山家《やまが》は冷えましても夜《よる》のものに御不自由もござんすまい。さあ、左《と》も右《かく》もあなた、お上《あが》り遊ばして。）

というと言葉の切れぬ先にどっかと腰を落した。婦人《おんな》は衝《つ》と身を起して立って来て、

（御坊様《おぼうさま》、それでござんすが一寸《ちょっと》御断り申して置かねばなりません。）

判然《はっきり》いわれたので私《わし》はびくびくもので、

（唯《はい》、はい。）

（否《いいえ》、別のことじゃござんせぬが、私《わたし》は癖として都の話を聞くのが病でございます、口に蓋《ふた》をしておいでなさいましても無理やりに聞こうといたしますが、あなた忘れてもその時聞かして下さいますな、可《よ》うござんすかい、私《わたし》は無理にお尋ね申します、あなたはどうしてもお話しなさいませぬ、それを是非にと申しましても断《た》って仰有《おっしゃ》らないようにきっと念を入れて置きますよ。）

と仔細《しさい》ありげなことをいった。

山の高さも谷の深さも底の知れない一軒家の婦人《おんな》の言葉とは思うたが保つにむずかしい戒《かい》でもなし、私《わし》は唯頷《ただうなず》くばかり。

（唯《はい》、宜《よろ》しゅうございます、何事も仰有りつけは背きますまい。）

婦人《おんな》は言下《ごんか》に打解《うちと》けて、

（さあさあ汚うございますが早く此方《こちら》へ、お寛《くつろ》ぎなさいまし、そうしてお洗足《せんそく》を上げましょうかえ。）

（いえ、それには及びませぬ、雑巾《ぞうきん》をお貸し下さいまし。ああ、それからもしそのお雑巾次手《ついで》にずッぷりお絞んなすって下さると助《たすか》ります、途中で大変な目に逢《あ》いましたので体を打棄《うっちゃ》りたいほど気味が悪うございますので、一ツ背中を拭《ふ》こうと存じますが、恐入《おそれい》りますな。）

（そう、汗におなりなさいました、嘸《さ》ぞまあ、お暑うござんしたでしょう、お待ちなさいまし、旅籠《はたご》へお着き遊ばして湯にお入りなさいますのが、旅するお方には何《なに》より御馳走《ごちそう》だと申しますね、湯どころか、お茶さえ碌《ろく》におもてなしもいたされませんが、あの、この裏の崖《がけ》を下《お》りますと、綺麗《きれい》な流《ながれ》がございますから一層《いっそ》それへ行らっしゃッてお流しが宜《よろし》ゅうございましょう。）

聞いただけでも飛んでも行《ゆ》きたい。

（ええ、それは何《なに》より結構でございますな。）

（さあ、それでは御案内申しましょう、どれ、丁度私《わたし》も米を磨《と》ぎに参ります。）と件《くだん》の桶を小脇に抱えて、縁側から、藁草履《わらぞうり》を穿《は》いて出たが、屈《かが》んで板縁《いたえん》の下を覗《のぞ》いて、引出したのは一足の古下駄《ふるげた》で、かちりと合《あわ》して埃《ほこり》を払《はた》いて揃《そろ》えてくれた。

（お穿きなさいまし、草鞋《わらじ》は此処《ここ》にお置きなすって、）

私《わし》は手をあげて、一礼して、

（恐入ります、これはどうも、）

（お泊め申すとなりましたら、あの、他生《たしょう》の縁とやらでござんす、あなた御遠慮を遊ばしますなよ。）先《ま》ず恐しく調子が可《い》いじゃて。」

十二

「（さあ、私《わたし》に跟《つ》いて此方《こちら》へ（、））と件《くだん》の米磨桶《こめとぎおけ》を引抱《ひっかか》えて手拭《てぬぐい》を細い帯に挟んで立った。

髪は房《ふっさ》りとするのを束ねてな、櫛《くし》をはさんで簪《かんざし》で留めている、その姿の佳《よ》さというてはなかった。

私《わし》も手早く草鞋を解いたから、早速古下駄《ふるげた》を頂戴《ちょうだい》して、縁から立つ時一寸《ちょいと》見ると、それ例の白痴殿《ばかどの》じゃ。

同じく私《わし》が方《かた》をじろりと見たっけよ、舌不足《したたらず》が饒舌《しゃべ》るような、愚にもつかぬ声を出して、

（姉《ねえ》や、こえ、こえ。）といいながら気《け》だるそうに手を持上げてその蓬々《ぼうぼう》と生えた天窓《あたま》を撫《な》でた。

（坊さま、坊さま？）

すると婦人《おんな》が、下《しも》ぶくれな顔にえくぼを刻んで、三ツばかりはきはきと続けて頷《うなず》いた。

少年はうむといったが、ぐたりとしてまた臍《へそ》をくりくりくり。

私《わし》は余り気の毒さに顔も上げられないで密《そ》っと盗むようにして見ると、婦人《おんな》は何事も別に気に懸けてはおらぬ様子、そのまま後《あと》へ跟《つ》いて出ようとする時、紫陽花《あじさい》の花の蔭《かげ》からぬいと出た一名の親仁《おやじ》がある。

背戸から廻《まわ》って来たらしい、草鞋を穿いたなりで、胴乱の根付《ねつけ》を紐長《ひもなが》にぶらりと提げ、銜煙管《くわえぎせる》をしながら並んで立停《たちどま》った。

（和尚様《おしょうさま》おいでなさい。）

婦人《おんな》は其方《そなた》を振向いて、

(おじ様どうでござんした。)

(さればさの、頓馬《とんま》で間の抜けたというのはあのことかい。根ッから早《は》や狐《きつね》でなければ乗せ得そうにもない奴《やつ》じゃが、其処《そこ》はおらが口じゃ、うまく仲人《なこうど》して、二月《ふたつき》や三月《みつき》はお嬢様が御不自由のねえように、翌日《あす》はものにして沢山《うん》と此処《ここ》へ担ぎ込みます。)

(お頼み申しますよ。)

(承知、承知、おお、嬢様何処《どこ》さ行《ゆ》かっしゃる。)

(崖《がけ》の水まで一寸《ちょいと》。)

(若い坊様連れて川へ落っこちさっしゃるな。おら此処に眼張《がんば》って待っとるに、)と横様《よこざま》に縁にのさり。

(貴僧《あなた》、あんなことを申しますよ。)と顔を見て微笑《ほほえ》んだ。

(一人で参りましょう。)と傍《わき》へ退《の》くと、親仁は吃々《くつくつ》と笑って、

(はははは、さあ、早くいってござらっせえ。)

(おじ様、今日はお前、珍しいお客がお二方《ふたかた》ござんした、こういう時はあとからまた見えようも知れません、次郎さんばかりでは来た者が弱んなさろう、私《わたし》が帰るまで其処に休んでいておくれでないか。)

（可《い》いともの。）といいかけて、親仁は少年の傍《そば》へにじり寄って、鉄梃《かなてこ》を見たような拳《こぶし》で、背中をどんとくらわした、白痴《ばか》の腹はだぶりとして、べそをかくような口つきで、にやりと笑う。

私《わし》は悚気《ぞっ》として面《おもて》を背けたが婦人《おんな》は何気ない体《てい》であった。

親仁は大口を開《あ》いて、

（留守におらがこの亭主を盗むぞよ。）

（はい、ならば手柄でござんす、さあ、貴僧《あなた》参りましょうか。）

背後《うしろ》から親仁が見るように思ったが、導かるるままに壁について、かの紫陽花のある方《ほう》ではない。

軈《やが》て背戸と思う処《ところ》で左に馬小屋を見た、ことことという音は羽目を蹴《け》るのであろう、もうその辺から薄暗くなって来る。

（貴僧《あなた》、ここから下りるのでございます、辷《すべ》りはいたしませぬが、道が酷《ひど》うございますからお静《しずか》に、）という。」

十三

「其処《そこ》から下りるのだと思われる、松の木の細くッて度外れに脊《せ》の高い、ひょろひょろした凡《およ》そ五、六間《ごろっけん》上までは小枝一ツもないのがある。その中を潜《くぐ》ったが、仰ぐと梢《こずえ》に出て白い、月の形は此処《ここ》でも別にかわりは無かった、浮世は何処《どこ》にあるか十三夜で。

先へ立った婦人《おんな》の姿が目さきを放《はな》れたから、松の幹に摑《つか》まって覗《のぞ》くと、つい下に居た。

仰向いて、

(急に低くなりますから気をつけて。こりゃ貴僧《あなた》には足駄《あしだ》では無理でございましたか不知《しら》、宜《よろ》しくば草履《ぞうり》とお取交《とりか》え申しましょう。)

立後《たちおく》れたのを歩行《あるき》悩んだと察した様子、何《なに》がさて転げ落ちても早く行って蛭《ひる》の垢《あか》を落したさ。

(何《なに》、いけませんければ跣足《はだし》になります分《ぶん》のこと、何卒《どうぞ》お構いなく、嬢様に御心配をかけては済みません。)

(あれ、嬢様ですって、)とやや調子を高めて、艶麗《あでやか》に笑った。

(唯《はい》、唯今《ただいま》あの爺様《じいさん》が、さよう申しましたように存じますが、夫人《おくさま》でございますか。)

(何《なん》にしても貴僧《あなた》には叔母《おば》さん位《くらい》な年紀《とし》ですよ。まあ、お早くいらっしゃい、草履も可《よ》うござんすけれど、刺《とげ》がささりますと不可《いけ》ません、それにじくじく湿《ぬ》れていてお気味が悪うございましょうから。)と向《むこ》う向《むき》でいいながら衣服《きもの》の片褄《かたつま》をぐいとあげた。真白《まっしろ》なのが暗《やみ》まぎれ、歩行《ある》くと霜が消えて行《ゆ》くような。

ずんずんずんずんと道を下りる、傍らの叢《くさむら》から、のさのさと出たのは蟇《ひき》で。

(あれ、気味が悪いよ。)というと婦人《おんな》は背後《うしろ》へ高々と踵《かかと》を上げて向うへ飛んだ。

(お客様が被在《いらっ》しゃるではないかね、人の足になんか搦《から》まって、贅沢《ぜいたく》じゃあないか、お前達は虫を吸っていれば沢山《たくさん》だよ。

貴僧《あなた》ずんずん入《い》らっしゃいましな、どうもしはしません。こういう処《ところ》ですからあんなものまで人懐《ひとなつか》しゅうございます、厭《いや》じゃないかね、お前達と友達を見たようで可愧《はずかし》い、あれ可《い》けませんよ。)

蟇はのさのさとまた草を分けて入った、婦人《おんな》はむこうへずいと。

（さあこの上へ乗るんです、土が柔《やわら》かで壊《く》えますから地面は歩行《ある》かれません。）

いかにも大木の僵《たお》れたのが草がくれにその幹をあらわしている、乗ると足駄穿《あしだばき》で差支《さしつか》えがない、丸木だけれども可恐《おそろ》しく太いので、尤《もっと》もこれを渡り果てると忽《たちま》ち流《ながれ》の音が耳に激した、それまでには余程の間《あいだ》。

仰いで見ると松の樹《き》はもう影も見えない、十三夜の月はずっと低うなったが、今下りた山の頂に半ばかかって、手が届きそうにあざやかだけれども、高さは凡《およ》そ計り知られぬ。

（貴僧《あなた》、此方《こちら》へ。）

といった婦人《おんな》はもう一息、目の下に立って待っていた。

其処は早《は》や一面の岩で、岩の上へ谷川の水がかかって此処によどみを作っている、川幅は一間《いっけん》ばかり、水に臨めば音はさまでにもないが、美しさは玉を解いて流したよう、却《かえ》って遠くの方《ほう》で凄《すさま》じく岩に砕ける響《ひびき》がする。

向う岸はまた一座の山の裾《すそ》で、頂の方《ほう》は真暗《まっくら》だが、山の端《は》からその山腹を射る月の光に照し出された辺《あたり》からは大石小石《おおいしこいし》、栄螺《さざえ》のようなの、六尺角《ろくしゃくかく》に切出したの、剣《つるぎ》のようなのやら、鞠《まり》の形をしたのやら、目の届く限り不残岩《のこらず》で、次第に大きく水に蘸《ひた》ったのは唯《ただ》小山のよう。」

十四

「(可《い》い塩梅《あんばい》に今日は水がふえておりますから、中へ入りませんでもこの上で可《よ》うございます。)と甲を浸して爪先《つまさき》を屈《かが》めながら、雪のような素足で石の盤の上に立っていた。

自分達が立った側《かわ》は、却《かえっ》て此方《こっち》の山の裾《すそ》が水に迫って、丁度切穴《きりあな》の形になって、其処《そこ》へこの石を嵌《は》めたような誂《あつらえ》。川上も下流も見えぬが、向うのあの岩山、九十九折《つづらおり》のような形、流《ながれ》は五尺、三尺《さんじゃく》、一間《いっけん》ばかりずつ上流の方《ほう》が段々遠く、飛々《とびとび》に岩をかがったように隠見して、いずれも月光を浴びた、銀の鎧《よろい》の姿、目《ま》のあたり近いのはゆるぎ糸を捌《さば》くが如《ごと》く真白《まっしろ》に翻《ひるがえ》って。

(結構な流れでございますな。)

(はい、この水は源《みなもと》が滝でございます、この山を旅するお方は皆《み》な大風《おおかぜ》のような音を何処《どこ》かで聞きます。貴僧《あなた》は此方《こちら》へ被入《いら》っしゃる道でお心着きはなさいませんかい。)

されぱこそ山蛭《やまびる》の大藪《おおやぶ》へ入ろうという少し前からその音を。

（あれは林へ風の当るのではございませんので？）

（否《いえ》、誰《たれ》でもそう申します、あの森から三里《さんり》ばかり傍道《わきみち》へ入りました処《ところ》に大滝があるのでございます、それはそれは日本一だそうですが、路《みち》が嶮《けわ》しゅうござんすので、十人に一人参ったものはございません。その滝が荒れましたと申しまして、丁度今から十三年前、可恐《おそろ》しい洪水《おおみず》がございました、恁麽《こんな》高い処まで川の底になりましてね、麓《ふもと》の村も山も家も不残《のこらず》流れて了《しま》いました、この上《かみ》の洞《ほら》も、はじめは二十軒ばかりあったのでござんす、この流れもその時から出来ました、御覧なさいましな、この通り皆《み》な石が流れたのでございますよ。）

婦人《おんな》は何時《いつ》かもう米を精《しら》げ果てて、衣紋《えもん》の乱れた、乳の端《はし》もほの見ゆる、膨《ふく》らかな胸を反《そら》して立った、鼻高く口を結んで目を恍惚《うっとり》と上を向いて頂を仰いだが、月はなお半腹《はんぷく》のその累々たる巌《いわお》を照《てら》すばかり。

（今でもこうやって見ますと恐《こわ》いようでございます。）と屈《かが》んで二の腕の処を洗っていると。

（あれ、貴僧《あなた》、那様《そんな》行儀の可《い》いことをして被在《いら》しってはお召が濡《ぬ》れます、気味が悪うございますよ、すっぱり裸体《はだか》になってお洗いなさいまし、私《わたし》が流して上げましょ

う。〕

〔否《いえ》〕

〔否《いえ》じゃあござんせぬ、それ、それ、お法衣《ころも》の袖《そで》が浸るではありませんか、〕というと突然《いきなり》背後《うしろ》から帯に手をかけて、身悶《みもだえ》をして縮むのを、邪慳《じゃけん》らしくすっぱり脱いで取った。

私《わし》は師匠が厳しかったし、経を読む身体《からだ》じゃ、肌さえ脱いだことはついぞ覚えぬ。然《しか》も婦人《おんな》の前、蝸牛《まいまいつぶろ》が城を明け渡したようで、口を利くさえ、況《ま》して手足のあがきも出来ず、背中を円《まる》くして、膝《ひざ》を合せて、縮かまると、婦人は脱がした法衣《ころも》を傍らの枝へふわりとかけた。

〔お召はこうやって置きましょう、さあお背《せな》を、あれさ、じっとして。お嬢様と仰有《おっしゃ》って下さいましたお礼に、叔母《おば》さんが世話を焼くのでござんす、お人の悪い、〕といって片袖を前歯で引上げ、玉のような二の腕をあからさまに背中に乗せたが、熟《じっ》と見て、

〔まあ、〕

〔どうかいたしておりますか。〕

(痣《あざ》のようになって、一面に。)

(ええ、それでございます、酷《ひど》い目に逢《あ》いました。)

思い出しても悚然《ぞッ》とするて。」

十五

「婦人《おんな》は驚いた顔をして、

(それでは森の中で、大変でございますこと。旅をする人が、飛騨《ひだ》の山では蛭《ひる》が降るというのは彼処《あすこ》でござんす。貴僧《あなた》は抜道を御存じないから正面《まとも》に蛭の巣をお通りなさいましたのでございますよ。お生命《いのち》も冥加《みょうが》な位《くらい》、馬でも牛でも吸い殺すのでございますもの。しかし疼《うず》くようにお痒《かゆ》いのでござんしょうね。)

(唯今《ただいま》ではもう痛みますばかりになりました。)

(それでは恁麼《こんな》ものでこすりましては柔かいお肌が擦剝《すりむ》けましょう。)というと手が綿のように障った。

それから両方の肩から、背、横腹《よこばら》、臀《いしき》、さらさら水をかけてはさすってくれる。

それがさ、骨に通《とお》って冷たいかというとそうではなかった。暑い時分じゃが、理窟《りくつ》をいうとこうではあるまい、私《わし》の血が沸いたせいか、婦人《おんな》の温気《ぬくみ》か、手で洗ってくれる水が可《い》い工合《ぐあい》に身に染みる、尤《もっと》も質《たち》の佳《い》い水は柔かじゃそうな。

その心地の得もいわれなさで、眠気がさしたでもあるまいが、うとうとする様子で、疵《きず》の痛みがなくなって気が遠くなって、ひたと附《くっ》ついている婦人《おんな》の身体《からだ》で、私《わし》は花びらの中へ包まれたような工合。

山家《やまが》の者には肖合《にあ》わぬ、都にも希《まれ》な器量はいうに及ばぬが弱々しそうな風采《ふう》じゃ、背中を流す中《うち》にもはッはッと内証《ないしょ》で呼吸《いき》がはずむから、もう断ろう断ろうと思いながら、例の恍惚《うっとり》で、気はつきながら洗わした。

その上、山の気か、女の香《におい》か、ほんのりと佳《い》い薫《かおり》がする、私《わし》は背後《うしろ》でつく息じゃろうと思った。」

上人《しょうにん》は一寸《ちょっと》句切って、

「いや、お前様お手近《てぢか》じゃ、その明《あかり》を掻《か》き立って貰《もら》いたい、暗いと怪《け》しからぬ話じゃ、此処等《ここら》から一番野面《のづら》で遣《やっ》つけよう。」

枕を並べた上人の姿も朧《おぼろ》げに明《あかり》は暗くなっていた、早速燈心を明《あかる》くすると、上人は微笑《ほほえ》みながら続けたのである。

「さあ、そうやって何時《いつ》の間《ま》にやら現《うつつ》とも無しに、こう、その不思議な、結構な薫のする暖《あったか》い花の中へ柔かに包まれて、足、腰、手、肩、頸《えり》から次第に天窓《あたま》まで一面に被《かぶ》ったから吃驚《びっくり》、石に尻餅《しりもち》を搗《つ》いて、足を水の中に投げ出したから落ちたと思う途端に、女の手が背後《うしろ》から肩越しに胸をおさえたので確《しっか》りつかまった。

(貴僧《あなた》、お傍《そば》にいて汗臭うはござんせぬかい、飛んだ暑がりなんでございますから、こうやっておりましても恁麼《こんな》でございますよ。)という胸にある手を取ったのを、慌てて放して棒のように立った。

(失礼、)

(いいえ誰《たれ》も見ておりはしませんよ。)と澄《すま》して言う、婦人《おんな》も何時《いつ》の間《ま》にか衣服《きもの》を脱いで全身を練絹《ねりぎぬ》のように露《あらわ》していたのじゃ。

何《なん》と驚くまいことか。

(恁麼《こんな》に太っておりますから、もうお可愧《はずか》しいほど暑いのでございます、今時は毎日二度も三度も来てはこうやって汗を流します、この水がございませんかったらどういたしましょう、貴僧《あなた》、お手拭《てぬぐい》。)といって絞ったのを寄越《よこ》した。

(それでおみ足をお拭《ふ》きなさいまし。)

何時《いつ》の間《ま》にか、体はちゃんと拭いてあった、お話し申すも恐多《おそれおお》いが、ははははは。」

十六

「なるほど見た処《ところ》、衣服《きもの》を着た時の姿とは違うて肉《しし》つきの豊《ゆたか》な、ふっくりとした膚《はだえ》。

(先刻《さっき》小屋へ入って世話をしましたので、ぬらぬらした馬の鼻息が体中へかかって気味が悪うござんす。丁度可《よ》うございますから私《わたし》も体を拭きましょう、)

と姉弟《きょうだい》が内端話《うちわばなし》をするような調子。手をあげて黒髪をおさえながら腋《わき》の下を手拭でぐいと拭き、あとを両手で絞りながら立った姿、唯《ただ》これ雪のようなのをかかる霊水で清めた、こういう女の汗は薄紅《うすくれない》になって流れよう。

一寸一寸《ちょいちょい》と櫛《くし》を入れて、

(まあ、女がこんなお転婆《てんば》をいたしまして、川へ落《おっ》こちたらどうしましょう、川下《かわしも》へ流れて出ましたら、村里《むらざと》の者が何《なん》といって見ましょうね。)

(白桃《しろもも》の花だと思います。)と弗《ふ》と心付いて何《なん》の気もなしにいうと、顔が合うた。

すると、さも嬉《うれ》しそうに莞爾《にっこり》してその時だけは初々《ういうい》しゅう年紀《とし》も七《なな》ツ八《や》ツ若やぐばかり、処女《きむすめ》の羞《はじ》を含んで下を向いた。

私《わし》はそのまま目を外《そ》らしたが、その一段の婦人《おんな》の姿が月を浴びて、薄い煙に包まれながら向う岸の瀲《しぶき》に濡《ぬ》れて黒い、滑《なめら》かな大きな石へ蒼味《あおみ》を帯びて透通《すきとお》って映るように見えた。

するとね、夜目《よめ》で判然《はっきり》とは目に入《い》らなんだが地体《じたい》何《なん》でも洞穴《ほらあな》があると見える。ひらひらと、此方《こちら》からもひらひらと、ものの鳥ほどはあろうという大蝙蝠《おおこうもり》が目を遮《さえぎ》った。

(あれ、不可《いけな》いよ、お客様があるじゃないかね。)

不意を打たれたように叫んで身悶《みもだ》えをしたのは婦人《おんな》。

(どうかなさいましたか、)もうちゃんと法衣《ころも》を着たから気丈夫に尋ねる。

(否《いいえ》、)

といったばかりで極《きまり》が悪そうに、くるりと後向《うしろむき》になった。

その時小犬ほどな鼠色《ねずみいろ》の小《こ》坊主《ぼうず》が、ちょこちょことやって来て、啊呀《あなや》と思うと、崖《がけ》から横に宙をひょいと、背後《うしろ》から婦人《おんな》の背中へぴったり。

裸体《はだか》の立姿は腰から消えたようになって、抱《だき》ついたものがある。

(畜生、お客様が見えないかい。)

と声に怒《いかり》を帯びたが、

（お前達は生意気だよ、）と激しくいいさま、腋の下から覗《のぞ》こうとした件《くだん》の動物の天窓《あたま》を振返りさまにくらわしたで。

キッキッというて奇声を放った、件《くだん》の小坊主はそのまま後飛《うしろと》びにまた宙を飛んで、今まで法衣《ころも》をかけて置いた、枝の尖《さき》へ長い手で釣《つる》し下《さが》ったと思うと、くるりと釣瓶覆《つるべがえし》に上へ乗って、それなりさらさらと木登《きのぼり》をしたのは、何《なん》と猿じゃあるまいか。

枝から枝を伝うと見えて、見上げるように高い木の、軈《やが》て梢《こずえ》まで、かさかさがさり。

まばらに葉の中を透《すか》して月は山の端《は》を放《はな》れた、その梢のあたり。

婦人《おんな》はものに拗《す》ねたよう、今の悪戯《いたずら》、いや、毎々《まいまい》、蟇《ひき》と蝙蝠と、お猿で三度じゃ。その悪戯に多く機嫌を損ねた形、あまり子供がはしゃぎ過ぎると、若い母様《おふくろ》には得てある図じゃ。

本当に怒り出す。

といった風情《ふぜい》で面倒臭そうに衣服《きもの》を着ていたから、私《わし》は何《なん》にも問わずに小さくなって黙って控えた。」

十七

「優しいなかに強みのある、気軽に見えても何処《どこ》にか落着《おちつき》のある、馴々《なれなれ》しくて犯し易からぬ品の可《い》い、如何《いか》なることにもいざとなれば驚くに足らぬという身に応《こたえ》のあるといったような風《ふう》の婦人《おんな》、かく嬌瞋《きょうしん》を発してはきっと可《い》いことはあるまい、今この婦人に邪慳《じゃけん》にされては木から落ちた猿同然じゃと、おっかなびっくりで、おずおず控えていたが、いや案ずるより産《うむ》が安い。

(貴僧《あなた》、嘸《さぞ》おかしかったでござんしょうね、)と自分でも思い出したように快く微笑《ほほえ》みながら、

(為《し》ようがないのでございますよ。)

以前と変らず心安くなった、帯も早《は》やしめたので、

(それでは家《うち》へ帰りましょう。)と米磨桶《こめとぎおけ》を小腋《こわき》にして、草履《ぞうり》を引《ひっ》かけて衝《つ》と崖《がけ》へ上《のぼ》った。

(お危うござんすから。)

(否《いえ》、もう大分勝手が分っております。)

ずッと心得た意《つもり》じゃったが、さて上《あが》る時見ると思いの外《ほか》上までは大層高い。軈《やが》てまた例の木の丸太を渡るのじゃが、先刻《さっき》もいった通り草のなかに横倒れになっている木地《きじ》がこう丁度鱗《うろこ》のようで、譬《たとえ》にも能《よ》くいうが松の木は蝮《うわばみ》に似ているで。

殊に崖を、上の方《ほう》へ、可《い》い塩梅《あんばい》に蜿《うね》った様子が、飛んだものに持《も》って来《こ》いなり、凡《およ》そこの位《くらい》な胴中《どうなか》の長虫《ながむし》がと思うと、頭《かしら》と尾を草に隠して、月あかりに歴然《ありあり》とそれ。

山路《やまみち》の時を思い出すと我ながら足が竦《すく》む。

婦人《おんな》は深切に後《うしろ》を気遣うては気を付けてくれる。

(それをお渡りなさいます時、下を見てはなりません、丁度ちゅうとで余程《よッぽど》谷が深いのでございますから、目が廻《ま》うと悪うござんす。)

(はい。)

愚図愚図《ぐずぐず》してはいられぬから、我身《わがみ》を笑いつけて、先《ま》ず乗った。引《ひっ》かかるよう、刻《きざ》が入れてあるのじゃから、気さえ確《たしか》なら足駄《あしだ》でも歩行《ある》かれる。

それがさ、一件じゃから耐《たま》らぬて、乗るとこうぐらぐらして柔かにずるずると這《は》いそうじゃから、わっというと引跨《ひんまた》いで腰をどさり。

(ああ、意気地はございませんねえ。足駄では無理でございましょう、これとお穿《は》き換えなさいまし、あれさ、ちゃんということを肯《き》くんですよ。)

私《わし》はその先刻《さっき》から何《な》んとなくこの婦人《おんな》に畏敬《いけい》の念が生じて善か悪か、どの道命令されるように心得たから、いわるるままに草履を穿いた。

するとお聞きなさい、婦人《おんな》は足駄を穿きながら手を取ってくれます。

忽《たちま》ち身が軽くなったように覚えて、訳なく後《うしろ》に従って、ひょいとあの孤家《ひとつや》の背戸の端《はた》へ出た。

出会頭《であいがしら》に声を懸けたものがある。

(やあ、大分手間が取れると思ったに、御坊様旧《ごぼうさまもと》の体で帰らっしゃったの。)

(何《なに》をいうんだね、小父様家《おじさんうち》の番はどうおしだ。)

(もう可《い》い時分じゃ、また私《わし》も余《あん》り遅うなっては道が困るで、そろそろ青を引出して支度して置こうと思うてよ。)

(それはお待遠《まちどお》でござんした。)

(何《なに》さ、行って見さっしゃい御亭主は無事じゃ、いやなかなか私《わし》が手には口説落《くどき》されなんだ、はははは。)と意味もないことを大笑《おおわらい》して、親仁《おやじ》は厩《うまや》の方《ほう》へてくてくと行った。

白痴《ばか》はおなじ処《ところ》に猶《なお》形を存《そん》している、海月《くらげ》も日にあたらねば解けぬと見える。」

十八

「ヒイン！　叱《しっ》、どうどうどうと背戸を廻《まわ》る鰭爪《ひづめ》の音が縁へ響いて親仁は一頭の馬を門前へ引き出した。

轡頭《くつわづら》を取って立ちはだかり、

(嬢様そんならこの儘《まま》で私《わし》参りやする、はい、御坊様《ごぼうさま》に沢山御馳走《ごちそう》して上げなされ。)

婦人《おんな》は炉縁《ろぶち》に行燈《あんどう》を引附《ひきつ》け、俯向《うつむ》いて鍋《なべ》の下を燻《いぶ》していたが、振仰ぎ、鉄の火箸《ひばし》を持った手を膝《ひざ》に置いて、

(御苦労でござんす。)

(いんえ御懇《ごねんごろ》には及びましねえ。叱《しっ》！)と荒縄の綱を引く。青で蘆毛《あしげ》、裸馬《はだかうま》で逞《たくま》しいが、鬣《たてがみ》の薄い牡《おす》じゃわい。

その馬がさ、私《わし》も別に馬は珍しゅうもないが、白痴殿《ばかどの》の背後《うしろ》に畏《かしこま》って手持不沙汰《てもちぶさた》じゃから今引いて行《ゆ》こうとする時縁側へひらりと出て、

（その馬は何処《どこ》へ。）

（おお、諏訪《すわ》の湖の辺《あたり》まで馬市《うまいち》へ出しやすのじゃ、これから明朝《あした》御坊様《おぼうさま》が歩行《ある》かっしゃる山路《やまみち》を越えて行《ゆ》きやす。）

（もし、それへ乗って今からお遁《に》げ遊ばすお意《つもり》ではないかい。）

婦人《おんな》は慌《あわ》だしく遮《さえぎ》って声を懸けた。

（いえ、勿体《もったい》ない、修行の身が馬で足休めをしましょうなぞとは存じませぬ。）

（何《なん》でも人間を乗っけられそうな馬じゃあござらぬ。御坊様《おぼうさま》は命拾いをなされたのじゃで、大人しゅうして嬢様の袖《そで》の中で、今夜は助けて貰《もら》わっしゃい。さようならちょっくら行って参りますよ。）

（あい。）

（畜生。）といったが馬は出ないわ。びくびくと蠢《うごめ》いて見える大《おおき》な鼻面《はなッつら》を此方《こちら》へ捻《ね》じ向けて頻《しきり》に私等《わしら》が居《い》る方《ほう》を見る様子。

（どうどうどう、畜生これあだけた獣じゃ、やい！）右左《みぎひだり》にして綱を引張ったが、脚から根をつけた如《ごと》くにぬっくと立っていてびくともせぬ。

親仁《おやじ》大いに苛立《いらだ》って、叩《たた》いたり、打《ぶ》ったり、馬の胴体について二、三度ぐるぐると廻《まわ》ったが少しも歩かぬ。肩でぶッつかるようにして横腹《よこっぱら》へ体《たい》をあてた時、漸《ようよ》う前足を上げたばかりまた四脚《よつあし》を突張り抜く。

(嬢様嬢様。)

と親仁が喚《わめ》くと、婦人《おんな》は一寸《ちょっと》立って白い爪《つま》さきをちょろちょろと真黒《まっくろ》に煤《すす》けた太い柱を楯《たて》に取って、馬の目の届かぬほどに小隠《こがく》れた。

その内腰に挟んだ、煮染《にし》めたような、なえなえの手拭《てぬぐい》を抜いて克明に刻んだ額の皺《しわ》の汗を拭いて、親仁はこれで可《よ》しという気組《きぐみ》、再び前へ廻ったが、旧《もと》に依《よ》って貧乏《びんぼう》動《ゆるぎ》もしないので、綱に両手をかけて足を揃《そろ》えて反返《そりかえ》るようにして、うむと総身《そうみ》に力を入れた。途端にどうじゃい。

凄《すさま》じく嘶《いなな》いて前足を両方中空《なかぞら》へ翻《ひるがえ》したから、小さな親仁は仰向けに引《ひっ》くりかえった、ずどんどう、月夜に砂煙が㸌《ぱっ》と立つ。

白痴《ばか》にもこれは可笑《おか》しかったろう、この時ばかりじゃ、真直《まっすぐ》に首を据えて厚い唇をばくりと開《あ》けた、大粒な歯を露出《むきだ》して、あの宙へ下げている手を風で煽《あお》るように、はらりはらり。

(世話が焼けることねえ、)

婦人《おんな》は投げるようにいって草履《ぞうり》を突《つッ》かけて土間へついと出る。

(嬢様勘違いさっしゃるな、これはお前様ではないぞ、何《なん》でもはじめから其処《そこ》な御《お》坊様《ぼうさま》に目をつけたっけよ、畜生俗縁があるだッぺいわさ。)

俗縁は驚いたい。

すると婦人《おんな》が、

(貴僧《あなた》ここへ入《い》らっしゃる路《みち》で誰にかお逢《あ》いなさりはしませんか。)

十九

(はい、辻《つじ》の手前で富山の反魂丹売《はんごんたんうり》に逢いましたが、一足先にやっぱりこの路へ入りました。)

(ああ、そう。)と会心の笑《えみ》を洩《もら》して婦人《おんな》は蘆毛《あしげ》の方《ほう》を見た、凡《およ》そ耐《たま》らなく可笑《おか》しいといったはしたない風采《とりなり》で。

極めて与《くみ》し易う見えたので、

(もしや此家《こちら》へ参りませなんだでございましょうか。)

（否《いいえ》、存じません。）という時忽《たちま》ち犯すべからざる者になったから、私《わし》は口をつぐむと、婦人《おんな》は、匙《さじ》を投げて衣《きもの》の塵《ちり》を払うている馬の前足の下に小さな親仁《おやじ》を見向いて、

（為様《しよう》がないねえ、）といいながら、かなぐるようにして、その細帯を解きかけた、片端が土へ引こうとするのを、掻取《かいと》って一寸猶予《ちょいとためら》う。

（ああ、ああ。）と濁った声を出して白痴《ばか》が件《くだん》のひょろりとした手を差向けたので、婦人《おんな》は解いたのを渡して遣《や》ると、風呂敷《ふろしき》を寛《ひろ》げたような、他愛のない、力のない、膝《ひざ》の上へわがねて宝物《ほうもつ》を守護するようじゃ。

婦人《おんな》は衣紋《えもん》を抱き合せ、乳の下でおさえながら静《しずか》に土間を出て馬の傍《わき》へつつと寄った。

私《わし》は唯呆気《ただあっけ》に取られて見ていると、爪立《つまだち》をして伸び上り、手をしなやかに空《そら》ざまにして、二、三度鬣《たてがみ》を撫《な》でたが。

大きな鼻頭《はなづら》の正面にすっくりと立った。丈《せい》もすらすらと急に高くなったように見えた、婦人《おんな》は目を据え、口を結び、眉《まゆ》を開《ひら》いて恍惚《うっとり》となった有様、愛嬌《あいきょう》も嬌態《しな》も、世話らしい打解けた風《ふう》は頓《とみ》に失《う》せて、神か、魔かと思われる。

その時裏の山、向うの峰、左右前後にすくすくとあるのが、一ツ一ツ嘴《くちばし》を向け、頭《かしら》

を擡《もた》げて、この一落《いちらく》の別天地、親仁を下手《しもて》に控え、馬に面して彳《たたず》んだ月下の美女の姿を差覗《さしのぞ》くが如《ごと》く、陰々として深山《みやま》の気が籠《こも》って来た。

生ぬるい風のような気勢《けはい》がすると思うと、左の肩から片膚《かたはだ》を脱いだが、右の手を脱《はず》して、前へ廻《まわ》し、ふくらんだ胸のあたりで着ていたその単衣《ひとえ》を円《まる》げて持ち、霞《かすみ》も絡《まと》わぬ姿になった。

馬は背《せな》、腹の皮を弛《ゆる》めて汗もしとどに流れんばかり、突張《つっぱ》った脚もなよなよとして身震《みぶるい》をしたが、鼻面《はなづら》を地につけて一掴《ひとつかみ》の白泡《しろあわ》を吹出したと思うと前足を折ろうとする。

その時、頤《あぎと》の下へ手をかけて、片手で持っていた単衣をふわりと投げて馬の目を蔽《おお》うが否《いな》や、

兎《うさぎ》は躍って、仰向けざまに身を翻《ひるがえ》し、妖気を籠めて朦朧《もうろう》とした月あかりに、前足の間に膚《はだ》が挾《はさま》ったと思うと、衣《きぬ》を脱して掻取《かいと》りながら下腹《したはら》を衝《つ》と潜《くぐ》って横に抜けて出た。

親仁は差心得《さしこころえ》たものと見える、この機《きっ》かけに手綱を引いたから、馬はすたすたと健脚を山路《やまじ》に上げた、しゃん、しゃん、しゃん、しゃんしゃん、しゃんしゃん、――見る間《ま》に眼界を遠ざかる。

婦人《おんな》は早《は》や衣服《きもの》を引《ひっ》かけて縁側へ入って来て、突然《いきなり》帯を取ろうとすると、白痴《ばか》は惜

しそうに押えて放さず、手を上げて、婦人《おんな》の胸を圧《おさ》えようとした。

邪慳《じゃけん》に払《はら》い退《の》けて、きっと睨《にら》んで見せると、そのままがっくりと頭《こうべ》を垂れた、総《すべ》ての光景は行燈《あんどう》の火も幽《かすか》に幻のように見えたが、炉にくべた柴《しば》がひらひらと炎先《ほさき》を立てたので、婦人《おんな》は衝《つ》と走って入る。空の月のうらを行《ゆ》くと思うあたり遥《はるか》に馬子唄《まごうた》が聞えたて。」

二十

「さて、それから御飯の時じゃ、膳《ぜん》には山家《やまが》の香《こう》の物、生姜《はじかみ》の漬けたのと、わかめを茹《う》でたの、塩漬の名も知らぬ蕈《きのこ》の味噌汁《みそしる》、いやなかなか人参《にんじん》と干瓢《かんぴょう》どころではござらぬ。

品物は侘《わび》しいが、なかなかの御手料理《おてりょうり》、餓《う》えてはいるし、冥加《みょうが》至極なお給仕、盆を膝《ひざ》に構えてその上に肱《ひじ》をついて、頰《ほお》を支えながら、嬉《うれ》しそうに見ていたわ。

縁側に居た白痴《ばか》は誰《たれ》も取合ぬ徒然《つれづれ》に堪《た》えられなくなったものか、ぐたぐたと膝行出《いざりだ》して、婦人《おんな》の傍《そば》へその便々《べんべん》たる腹を持って来たが、崩れたように胡坐《あぐら》して、頻《しきり》にこう我が膳を視《なが》めて、指《ゆびさし》をした。

（ううう、うううう。）

（何《なん》でございますね、あとでお食《あが》んなさい、お客様じゃありませんか。）

白痴《ばか》は情《なさけ》ない顔をして口を曲《ゆが》めながら頭《かぶり》を掉《ふ》った。

（厭《いや》？　仕様《しよう》がありませんね、それじゃ御一所《ごいっしょ》に召しあがれ。貴僧《あなた》、御免を蒙《こうむ》りますよ。）

私《わし》は思わず箸《はし》を置いて、

（さあどうぞお構いなく、飛んだ御雑作《ごぞうさ》を頂きます。）

（否《いえ》、何《なん》の貴僧《あなた》。お前さん後程《のちほど》に私《わたし》と一所にお食べなされば可《い》いのに。困った人でございますよ。）とそらさぬ愛想《あいそ》、手早く同一《おなじ》ような膳を拵《こしら》えてならべて出した。

飯のつけようも効々《かいがい》しい女房ぶり、然《しか》も何《なん》となく奥床しい、上品な、高家《こうけ》の風《ふう》がある。

白痴《あほう》はどんよりした目をあげて膳の上を睨《ね》めていたが、

（あれを、ああ、あれ、あれ。）といってきょろきょろと四辺《あたり》を眗《みまわ》す。

婦人《ふじん》は熟《じっ》と瞻《みまも》って、

（まあ、可《い》いじゃないか。そんなものは何時《いつ》でも食《たべ》られます、今夜はお客様がありますよ。）

（うむ、いや、いや。）と肩腹を揺《ゆす》ったが、べそを掻《か》いて泣出《なきだ》しそう。

婦人《おんな》は困《こう》じ果てたらしい、傍《かたわら》のものの気の毒さ。

（嬢様、何か存じませんが、おっしゃる通りになすったが可《よ》いではございませんか。私《わたくし》にお気遣《きづかい》は却《かえ》って心苦しゅうございます。）と慇懃《いんぎん》にいうた。

婦人《おんな》はまたもう一度、

（厭《いや》かい、これでは悪いのかい。）

白痴《ばか》が泣出しそうにすると、さも怨《うら》めしげに流眄《ながしめ》に見ながら、こわれごわれになった戸棚の中から、鉢に入ったのを取り出して手早く白痴《ばか》の膳につけた。

（はい。）と故《わざ》とらしく、すねたようにいって笑顔造《えがおづくり》。

はてさて迷惑な、こりゃ目の前で黄色蛇《あおだいしょう》の旨煮《うまに》か、腹籠《はらごもり》の猿の蒸焼《むしやき》か、災難が軽うても、赤蛙《あかがえる》の干物を大口《おおぐち》にしゃぶるであろうと、潜《そっ》と見ていると、片手に椀《わん》を持ちながら掴出《つかみだ》したのは老沢庵《ひねたくあん》。

それもさ、刻んだのではないで、一本三ツ切にしたろうという握太《にぎりぶと》なのを横銜《よこぐわ》えにしてやらかすのじゃ。

婦人《おんな》はよくよくあしらいかねたか、盗むように私《わし》を見て颯《さっ》と顔を赧《あか》らめて初心《しょしん》らしい、然様《そん》な質《たち》ではあるまいに、羞《はず》かしげに膝なる手拭《てぬぐい》の端《はし》を口にあてた。

なるほどこの少年はこれであろう、身体《からだ》は沢庵色にふとっている。やがてわけもなく餌食《えじき》を平らげて湯ともいわず、ふッふッと大儀そうに呼吸《いき》を向うへ吐《つ》くわさ。

(何《なん》でございますか、私《わたし》は胸に支《つか》えましたようで、些少《ちっと》も欲しくございませんから、また後程に頂きましょう、)

と婦人《おんな》自分は箸も取らずに二ツの膳を片づけてな。」

二十一

「頃刻悄乎《しばらくしょんぼり》していたっけ。

(貴僧《あなた》、嘸《さぞ》お疲労《つかれ》、直《すぐ》にお休ませ申しましょうか。)

(難有《ありがと》う存じます、未《ま》だ些《ちっ》とも眠くはござりません、先刻《さっき》体を洗いましたので草臥《くたびれ》もすっかり復《なお》りました。)

(あの流れは甚麽《どんな》病にでもよく利きます、私《わたし》が苦労をいたしまして骨と皮ばかりに体が朽《か》れましても、半日彼処《あすこ》につかっておりますと、水々しくなるのでございますよ。

尤《もっと》もあのこれから冬になりまして山が宛然《まるで》氷《こお》って了《しま》い、川も崕《がけ》も不残《のこらず》雪になりましても、貴僧《あなた》が行水《ぎょうずい》を遊ばした彼処《あすこ》ばかりは水が隠れません、そうしていきりが立ちます。鉄砲疵《てっぽうきず》のございます猿だの、貴僧《あなた》、足を折った五位鷺《ごいさぎ》、種々《いろいろ》なものが浴《ゆあ》みに参りますからその足跡で崕の路《みち》が出来ます位《くらい》、きっとそれが利いたのでございましょう。那様《そんな》にございませんければこうやってお話をなすって下さいまし、寂《さび》しくってなりません、本当《ほんと》にお可愧《はずか》しゅうございますが、恁麽《こんな》山の中に引籠《ひっこも》っておりますと、ものをいうことも忘れましたようで、心細いのでございますよ。

貴僧《あなた》、それでもお眠ければ御遠慮なさいますなえ。別にお寝室《ねま》と申してもございませんがその代り蚊は一ツも居ませんよ、町方《まちかた》ではね、上《かみ》の洞《ほら》の者は、里へ泊りに来た時蚊帳《かや》を釣って寝かそうとすると、どうして入るのか解《わか》らないので、梯子《はしご》を貸せいと喚《わめ》いたと申して嬲《なぶ》るのでございます。

沢山朝寝《たんとあさね》を遊ばしても鐘は聞えず、鶏《とり》も鳴きません、犬だって居《お》りませんからお心安うございましょう。

この人も生れ落ちるとこの山で育ったので、何《なん》にも存じません代り、気の可《い》い人で些《ちっ》ともお心置はないのでござんす。

それでも風俗《ふう》のかわった方《かた》が被入《いらっ》しゃいますと、大事にしてお辞儀をすることだけは知ってでございますが、未《ま》だ御挨拶《ごあいさつ》をいたしませんね。この頃は体がだるいと見えてお惰《なま》けさんになんなすったよ。否《いいえ》、宛《まる》で愚《おろか》なのではございません、何《なん》でもちゃんと心得ております。

さあ、御坊様《ごぼうさま》に御挨拶をなすって下さい。まあ、お辞儀をお忘れかい。)と親しげに身を寄せて、顔を差《さ》し覗《のぞ》いて、いそいそしていうと、白痴《ばか》はふらふらと両手をついて、ぜんまいが切れたようにがっくり一礼。

(はい、)といって私《わし》も何か胸が迫って頭《つむり》を下げた。

そのままその俯向《うつむ》いた拍子に筋が抜けたらしい、横に流れようとするのを、婦人《おんな》は優しゅう扶《たす》け起して、

(おお、よく為《し》たのねえ、)

天晴《あっぱれ》といいたそうな顔色《かおつき》で、

(貴僧《あなた》、申せば何《なん》でも出来ましょうと思いますけれども、この人の病ばかりはお医者の手でもあの水でも復《なお》りませせなんだ、両足が立ちませんのでございますから、何《なに》を覚えさしましても役には立ちません。それに御覧なさいまし、お辞儀一ツいたします

さえ、あの通り大儀らしい。

ものを教えますと覚えますのに嘸《さぞ》骨が折れて切《せつ》のうござんしょう、体を苦しませるだけだと存じて何《なん》にも為《さ》せないで置きますから、段々、手を動かす働《はたらき》も、ものをいうことも忘れました。それでもあの、謡《うた》が唄《うた》えますわ。二ツ三ツ今でも知っておりますよ。さあ御客様に一ツお聞かせなさいましなね。)

白痴《ばか》は婦人《おんな》を見て、また私《わし》が顔をじろじろ見て、人見知《ひとみしり》をするといった形で首を振った。」

二十二

「左右《とこう》して、婦人《おんな》が、励ますように、賺《すか》すようにして勧めると、白痴《ばか》は首を曲げてかの臍《へそ》を弄《もてあそ》びながら唄った。

木曽《きそ》の御嶽山《おんたけさん》は夏でも寒い、

袷《あわせ》遣《や》りたや足袋《たび》添えて。

(よく知っておりましょう、)と婦人《おんな》は聞《き》き澄《すま》して莞爾《にっこり》する。

不思議や、唄った時の白痴《ばか》の声はこの話をお聞きなさるお前様は固《もと》よりじゃが、私《わし》も推量したとは月鼈雲泥《げつべつうんでい》、天地の相違、節廻《ふしまわ》し、あげさげ、呼吸《いき》の続く処《ところ》から、第一その清らかな涼しい声という者は、到底この少年の咽喉《のど》から出たものではない。先《ま》ず前《さき》の世のこの白痴《ばか》の身が、冥土《めいど》から管《くだ》でそのふくれた腹へ通わして寄越すほどに聞えましたよ。

私《わし》は畏《かしこま》って聞き果てると、膝《ひざ》に手をついたッ切りどうしても顔を上げて其処《そこ》な男女《ふたり》を見ることが出来ぬ、何《なに》か胸がキヤキヤして、はらはらと落涙《らくるい》した。

婦人《おんな》は目早《めばや》く見つけたそうで、

(おや、貴僧《あなた》、どうかなさいましたか。)

急にものもいわれなんだが漸々《ようよう》、

(唯《はい》、何《なあに》、変ったことでもござりませぬ、私《わし》も嬢様のことは別にお尋ね申しませんから、貴女《あなた》も何《なん》にも問うては下さりますな。)

と仔細《しさい》は語らず唯《ただ》思い入ってそう言うたが、実は以前から様子でも知れる、金釵玉簪《きんさぎょくさん》をかざし、蝶衣《ちょうい》を纏《まと》うて、珠履《しゅり》を穿《うが》たば、正《まさ》に驪山《りさん》に入《い》って陛下を相抱《あいいだ》くべき豊肥《ほうひ》妖艶《ようえん》の人が、その男に対する取廻《とりまわ》しの優しさ、隔《へだて》なさ、深切さに、人事ながら嬉《うれ》しくて、思わず涙が流れたのじゃ。

すると人の腹の中を読みかねるような婦人《おんな》ではない、忽《たちま》ち様子を悟ったかして、

(貴僧《あなた》は真個《ほんとう》にお優しい。)といって、得も謂《い》われぬ色を目に湛《たた》えて、じっと見た。

私《わし》も首を低《こうべ》れ《た》た、むこうでも差俯向《さしうつむ》く。

いや、行燈《あんどう》がまた薄暗くなって参ったようじゃが、恐《おそ》らくこりゃ白痴《ばか》の所為《せい》じゃて。

その時よ。

座が白けて、暫《しばら》く言葉が途絶えたうちに所在がないので、唄うたいの太夫《たいふ》、退屈をしたと見えて、顔の前の行燈を吸い込むような大欠伸《おおあくび》をしたから。

身動きをしてな、

(寝ようちゃあ、寝ようちゃあ。)とよたよた体を持扱《もちあつか》うわい。

(眠うなったのかい、もうお寝か。)といったが坐《すわ》り直って弗《ふ》と気がついたように四辺《あたり》を眴《みまわ》した。戸外《おもて》は恰《あたか》も真昼のよう、月の光は開《あ》け拡げた家《や》の内へはらはらとさして、紫陽花《あじさい》の色も鮮麗《あざやか》に蒼《あお》かった。

(貴僧《あなた》ももうお休みなさいますか。)

(はい、御厄介にあいなりまする。)

(まあ、いま宿《やど》を寝かします、おゆっくりなさいましな。戸外《おもて》へは近うござんすが、

夏は広い方《ほう》が結句宜《よ》うございましょう、私《わたし》どもは納戸へ臥《ふ》せりますから、貴僧《あなた》は此処《ここ》へお広くお寛《くつろ》ぎが可《よ》うござんす、一寸待《ちょいと》って。）といいかけて衝《つッ》と立ち、つかつかと足早に土間へ下りた、余り身のこなしが活溌《かっぱつ》であったので、その拍子に黒髪が先を巻いたまま項《うなじ》へ崩れた。

鬢《びん》をおさえて戸につかまって、戸外《おもて》を透《すか》したが、独言《ひとりごと》をした。

（おやおやさっきの騒ぎで櫛《くし》を落したそうな。）

いかさま馬の腹を潜《くぐ》った時じゃ。」

二十三

この折から下の廊下に跫音《あしおと》がして、静《しずか》に大跨《おおまた》に歩行《ある》いたのが、寂《せき》としているから能《よ》く。

軈《やが》て小用《こよう》を達《た》した様子、雨戸をばたりと開《あ》けるのが聞えた、手水鉢《ちょうずばち》へ柄杓《ひしゃく》の響《ひびき》。

「おお、積《つも》った、積った。」と呟《つぶや》いたのは、旅籠屋《はたごや》の亭主の声である。

「ほほう、この若狭《わかさ》の商人《あきんど》は何処《どこ》へか泊ったと見える、何《なに》か愉快《おもしろ》い夢でも見ているかな。」

「どうぞその後《あと》を、それから。」と聞く身には他事《たじ》をいううちが抵捂《もどか》しく、膠《にべ》もなく続きを促した。

「さて、夜《よ》も更けました、」といって旅僧《たびそう》はまた語出《かたりだ》した。

「大抵推量もなさるであろうが、いかに草臥《くたび》れておっても申上げたような深山《みやま》の孤家《ひとつや》で、眠られるものではない、それに少し気になって、はじめの内私《わし》を寝かさなかった事もあるし、目は冴《さ》えて、まじまじしていたが、有繋《さすが》に、疲《つかれ》が酷《ひど》いから、心《しん》は少し茫乎《ぼんやり》して来た、何《なに》しろ夜《よ》の白むのが待遠《まちどお》でならぬ。

其処《そこ》ではじめの内は我ともなく鐘の音《ね》の聞えるのを心頼みにして、今鳴るか、もう鳴るか、はて時刻はたっぷり経《た》ったものをと、怪しんだが、やがて気が付いて、こういう処《ところ》じゃ山寺どころではないと思うと、俄《にわか》に心細くなった。

その時は早《は》や、夜《よ》がものに譬《たと》えると谷の底じゃ、白痴《ばか》がだらしのない寐息《ねいき》も聞えなくなると、忽《たちま》ち戸の外にものの気勢《けはい》がして来た。

獣《けもの》の跫音《あしおと》のようで、さまで遠くの方《ほう》から歩行《ある》いて来たのではないよう、猿も、蟇《ひき》も、居《い》る処と、気休めに先《ま》ず考えたが、なかなかどうして。

暫《しばら》くすると今其奴《そやつ》が正面の戸に近《ちかづ》いたなと思ったのが、羊の鳴声になる。

私《わし》はその方《ほう》を枕にしていたのじゃから、つまり枕頭《まくらもと》の戸外《おもて》じゃな。暫くすると、右手《めて》のかの紫陽花《あじさい》が咲いていたその花の下あたりで、鳥の羽ばたきする音。

むささびか知らぬがきッきッといって屋の棟へ、軈《やが》て凡《およ》そ小山ほどあろうと気取《けど》られるのが胸を圧《お》すほどに近《ちか》づいて来て、牛が鳴いた、遠くの彼方《かなた》からひたひたと小刻《こきざみ》に駈《か》けて来るのは、二本足に草鞋《わらじ》を穿《は》いた獣と思われた、いやさまざまにむらむらと家《うち》のぐるりを取巻いたようで、二十三十のものの鼻息、羽音、中には囁《ささや》いているのがある。恰《あたか》も何《なに》よ、それ畜生道の地獄の絵を、月夜に映したような怪《あや》しの姿が板戸一重《ひとえ》、魑魅魍魎《ちみもうりょう》というのであろうか、ざわざわと木《こ》の葉が戦《そよ》ぐ気色《けしき》だった。

息を凝《こら》すと、納戸で、

（うむ、）といって長く呼吸《いき》を引いて一声《ひとこえ》、魘《うなさ》れたのは婦人《おんな》じゃ。

（今夜はお客様があるよ。）と叫んだ。

（お客様があるじゃないか。）

と暫く経って二度目のは判然《はっきり》と清《すず》しい声。

極めて低声《こごえ》で、

（お客様があるよ。）といって寝返る音がした、更に寝返る音がした。

戸の外のものの気勢《けはい》は動揺《どよめき》を造るが如《ごと》く、ぐらぐらと家が揺《ゆらめ》いた。

私《わし》は陀羅尼《だらに》を呪《じゅ》した。

若不順我呪《にゃくふじゅんがしゅ》　悩乱説法者《のうらんせっぽうじゃ》　頭破作七分《ずはさしちぶん》
如阿梨樹枝《にょありじゅし》　如殺父母罪《にょしぶもざい》　亦如厭油殃《やくにょおうゆおう》
斗秤欺誑人《としょうごおうにん》　調達破僧罪《じょうだつはそうざい》　犯此法師者《ほんしほっししゃ》
当獲如是殃《とうぎゃくにょぜおう》

と一心不乱、颯《さっ》と木《こ》の葉を捲《ま》いて風が南《みんなみ》へ吹いたが、忽ち静《しずま》り返った、夫婦が閨《ねや》もひッそりした。」

二十四

「翌日また正午《ひる》頃、里近く、滝のある処《ところ》で、昨日《きのう》馬を売りに行った親仁《おやじ》の帰りに逢うた。

丁度私《わし》が修行に出るのを止《よ》して孤家《ひとつや》に引返《ひきかえ》して、婦人《おんな》と一所《いっしょ》に生涯を送ろうと思っていた処で。

実を申すと此処《ここ》へ来る途中でもその事ばかり考える、蛇の橋も幸《さいわい》になし、蛭《ひる》の林もなかったが、道が難渋につけても、汗が流れて心持《こころもち》が悪いにつけても、今更行脚《あんぎゃ》も詰《つま》らない。紫の袈裟《けさ》をかけて、七堂伽藍《しちどうがらん》に住んだ処で何程のこともあるまい、活仏様《いきぼとけさま》じゃというて、わあわあ拝まれれば人いきれで胸が悪くなるばかりか。

些《ち》とお話もいかがじゃから、先刻《さっき》はことを分けていいませなんだが、昨夜《ゆうべ》も白痴《ばか》を寐《ね》かしつけると、婦人《おんな》がまた炉のある処へやって来て、世の中へ苦労をしに出ようより、夏は涼しく、冬は暖《あたたか》い、この流《ながれ》に一所に私《わたし》の傍《そば》においでなさいというてくれるし、まだまだそればかりでは自分に魔が魅《さ》したようじゃけれども、ここに我身《わがみ》で我身に言訳《いいわけ》が出来るというのは、頻《しき》りに婦人《おんな》が不便《ふびん》でならぬ、深山《みやま》の孤家《ひとつや》に白痴《ばか》の伽《とぎ》をして言葉も通ぜず、日を経《ふ》るに従うてものをいうことさえ忘れるような気がするというは何《なん》たる事！

殊に今朝も東雲《しののめ》に袂《たもと》を振り切って別れようとすると、お名残惜《なごり》しや、かような処にこうやって老朽《おいく》ちる身の、再びお目にはかかられまい、いささ小川の水になりとも、何処《どこ》ぞで白桃《しろもも》の花が流れるのを御覧になったら、私《わたし》の体が谷川に沈んで、ちぎれちぎれになったことと思え、といって悄《しお》れながら、なお深切に、道は唯《ただ》この谷川の流れに沿うて行《ゆ》きさえすれば、どれほど遠くても里に出らるる、目の下近く水が躍って、滝になって落つるのを見たら、人家《じんか》が近づいたと心を安んずるように、と気をつけて、孤家《ひとつや》の見えなくなった辺《あたり》で、指《ゆびさ》しをしてくれた。

その手と手を取交《とりかわ》すには及ばずとも、傍《そば》につき添って、朝夕の話対手《はなしあいて》、蕈《きのこ》の汁で御《ご》膳《ぜん》を食べたり、私《わし》が榾《ほだ》を焚《た》いて、婦人《おんな》が鍋《なべ》をかけて、私《わし》が木《こ》の実を拾って、婦人《おんな》が皮を剝《む》いて、それから障子の内と外で、話をしたり、笑ったり、それから谷川で二人して、その時の婦人《おんな》が裸体《はだか》になって私《わし》が背中へ呼吸《いき》が通《かよ》って、微妙な薫《かおり》の花びらに暖《あたたか》に包まれたら、そのまま命が失《う》せても可《い》い！

滝の水を見るにつけても耐《た》え難いのはその事であった、いや、冷汗が流れますて。

その上、もう気がたるみ、筋が弛《ゆる》んで、早《は》や歩行《ある》くのに飽きが来て、喜ばねばならぬ人家が近づいたのも、高《たか》がよくされて口の臭い婆《ばあ》さんに渋茶を振舞われるのが関の山と、里へ入るのも厭《いや》になったから、石の上へ膝《ひざ》を懸けた、丁度目の下にある滝じゃった、これがさ、後《のち》に聞くと女夫滝《めおとだき》と言うそうで。

真中《まんなか》に先《ま》ず鰐鮫《わにざめ》が口をあいたような先のとがった黒い大巌《おおいわ》が突出ていると、上から流れて来る颯《さっ》と瀬の早い谷川が、これに当って両《ふたつ》に岐《わか》れて、凡《およ》そ四丈《よじょう》ばかりの滝になって哄《どっ》と落ちて、また暗碧《あんぺき》に白布《しろぬの》を織って矢を射るように里へ出るのじゃが、その巌《いわ》にせかれた方《ほう》は六尺ばかり、これは川の一幅《ひとはば》を裂いて糸も乱れず、一方は幅が狭い、三尺位《さんじゃくくらい》、この下には雑多な岩が並ぶと見えて、ちらちらちらちらと玉の簾《すだれ》を百千《ひゃくせん》に砕いたよう、件《くだん》の鰐鮫の巌に、すれつ、縋《もつ》れつ。」

二十五

「唯《ただ》一筋でも巌《いわ》を越して男滝《おだき》に縋《すが》りつこうとする形、それでも中を隔てられて末までは雫《しずく》も通わぬので、揉《も》まれ、揺られて具《つぶ》さに辛苦を嘗《な》めるという風情《ふぜい》、この方《ほう》は姿も窶《やつ》れ容《かたち》も細って、流るる音さえ別様《べつよう》に、泣くか、怨《うら》むかとも思われるが、あわれにも優しい女滝《めだき》じゃ。

男滝の方《ほう》はうらはらで、石を砕き、地を貫く勢《いきおい》、堂々たる有様じゃ、これが二つ件《くだん》の巌に当って左右に分れて二筋《ふたすじ》となって落ちるのが身に浸《し》みて、女滝の心を砕く姿は、男の膝《ひざ》に取《とり》ついて美女が泣いて身を震わすようで、岸に居てさえ体がわななく、肉が跳《おど》る。況《ま》してこの水上《みなかみ》は、昨日孤家《きのうひとつや》の婦人《おんな》と水を浴びた処《ところ》と思うと、気の所為《せい》かその女滝の中に絵のようなかの婦人《おんな》の姿が歴々《ありあり》、と浮いて出ると巻込まれて、沈んだと思うとまた浮いて、千筋《ちすじ》に乱るる水とともにその膚《はだえ》が粉《こ》に砕けて、花片《はなびら》が散込《ちりこ》むような。

あなやと思うと更に、もとの顔も、胸も、乳も、手足も全き姿となって、浮《う》いつ沈みつ、ぱッと刻まれ、あッと見る間《ま》にまたあらわれる。私《わし》は耐《たま》らず真逆《まっさかさま》に滝の中へ飛込んで、女滝を確《しか》と抱いたとまで思った。気がつくと男滝の方《ほう》はどうどうと地響《じひびき》打たせて。山彦《やまびこ》を呼んで轟《とどろ》いて流れている、ああその力を以《もっ》て何故《なぜ》救わぬ、儘《まま》よ！

滝に身を投げて死のうより、旧《もと》の孤家《ひとつや》へ引返《ひきかえ》せ。汚《けが》らわしい欲のあればこそこうなった上に躊躇《ちゅうちょ》するわ、その顔を見て声を聞けば、渠等《かれら》夫婦が同衾《ひとつね》するのに枕を並べて差支《さしつか》えぬ、それでも汗になって修行をして、坊主で果てるよりは余程の増《まし》じゃと、思切《おもいき》って戻ろうとして、石を放《はな》れて身を起した、背後《うしろ》から一ツ背中を叩《たた》いて、

（やあ、御坊様《ごぼうさま》。）といわれたから、時が時なり、心も心、後暗《うしろぐら》いので喫驚《びっくり》して見ると、閻王《えんおう》の使《つかい》ではない、これが親仁《おやじ》。

馬は売ったか、身軽になって、小さな包みを肩にかけて、手に一尾《いちび》の鯉《こい》の、鱗《うろこ》は金《こん》色《じき》なる、溌剌《はつらつ》として尾の動きそうな、鮮《あたら》しい、その丈三尺《たけさんじゃく》ばかりなのを、顋《あぎと》に藁《わら》を通して、ぶらりと提げていた。何《な》んにも言わず急にものもいわれないで瞻《みまも》ると、親仁はじっと顔を見たよ。そうしてにやにやと、また一通りの笑い方ではないて、薄気味の悪い北叟笑《ほくそえみ》をして、

（何《なに》をしてござる、御修行の身が、この位《くらい》の暑《あつさ》で、岸に休んでいさっしゃる分《ぶん》ではあんめえ、一生懸命に歩行《ある》かっしゃりゃ、昨夜《ゆうべ》の泊《とまり》から此処《ここ》まではたった五里《ごり》、もう里へ行って地蔵様を拝まっしゃる時刻じゃ。

何《なん》じゃの、己《おら》が嬢様に念《おもい》が懸《かか》って煩悩《ぼんのう》が起きたのじゃの。うんにゃ、秘《かく》さっしゃるな、おらが目は赤くッても、白いか黒いかはちゃんと見える。

地体並《じたいなみ》のものならば、嬢様の手が触ってあの水を振舞われて、今まで人間で居よう筈《はず》はない。

牛か馬か、猿か、蟇《ひき》か、蝙蝠《こうもり》か、何《なん》にせい飛んだか跳ねたかせねばならぬ。谷川から上《あが》って来《き》さしった時、手足も顔も人じゃから、おらあ魂消《たまげ》た位《くらい》、お前様それでも感心に志が堅固じゃから助かったようなものよ。

何《なん》と、おらが曳《ひ》いて行った馬を見さしったろう、それで、孤家《ひとつや》へ来さっしゃる山路《やまみち》で富山の反魂丹売《はんごんたんうり》に逢《あ》わしったというではないか、それ見さっせい、あの助平《すけべい》野郎、疾《とう》に馬になって、それ馬市《うまいち》で銭《おあし》になって、お銭《あし》が、そうらこの鯉に化けた。大好物で晩飯の菜になさる、お嬢様を一体何《なん》じゃと思わっしゃるの）」

私《わたし》は思わず遮《さえぎ》った。

「お上人《しょうにん》？」

二十六

上人は頷《うなず》きながら呟《つぶや》いて、

「いや、先《ま》ず聞かっしゃい、かの孤家《ひとつや》の婦人《おんな》というは、旧《もと》な、これも私《わし》には何《なに》かの縁があった、あの恐しい魔処へ入ろうという岐道《そばみち》の水が溢《あふ》れた往来で、百姓が教えて、彼処《あすこ》はその以前医者の家であったというたが、その家の嬢様じゃ。

何《なん》でも飛驒《ひだ》一円当時変ったことも珍らしいこともなかったが、唯《ただ》取り出でていう不思議はこの医者の娘で、生れると玉のよう。

母親殿《おふくろどの》は頰板《ほおっぺた》のふくれた、眦《めじり》の下《さが》った、鼻の低い、俗にさし乳《ぢち》というあの毒々しい左右の胸の房《ふさ》を含んで、どうしてあれほど美しく育ったものだろうという。

昔から物語の本にもある、屋の棟へ白羽の征矢《そや》が立つか、さもなければ狩倉《かりくら》の時貴人《あでびと》のお目に留って御殿に召出されるのは、那麽《あんな》のじゃと噂《うわさ》が高かった。

父親《てておや》の医者というのは、頰骨のとがった髯《ひげ》の生えた、見得坊《みえぼう》で傲慢《ごうまん》、その癖でもじゃ、勿論《もちろん》田舎には刈入の時よく稲の穂が目に入ると、それから煩《わずら》う、脂目《やにめ》、赤目、流行目《はやりめ》が多いから、先生眼病の方《ほう》は少し遣《や》ったが、内科と来てはからッぺた。外科なんと来た日にゃあ、鬢附《びんつけ》へ水を垂らしてひやりと疵《きず》につける位《くらい》な処《ところ》。

鰯《いわし》の天窓《あたま》も信心から、それでも命数の尽きぬ輩《やから》は本復《ほんぷく》するから、外《ほか》に竹庵養仙木斎《ちくあんようせんもくさい》の居ない土地、相応に繁昌した。

殊に娘が十六、七、女盛《おんなざかり》となって来た時分には、薬師様が人助けに先生様の内へ生れてござったといって、信心渇仰《しんじんかつこう》の善男善女?　病男病女が我も我もと詰め懸ける。

それというのが、はじまりはかの嬢様が、それ、馴染《なじみ》の病人には毎日顔を合せる所から愛想《あいそ》の一つも、あなたお手が痛みますかい、甚麽《どんな》でございます、といって手先へ柔かな掌《てのひら》が障ると第一番に次作兄《じさくあに》いという若いの（りょうまちす）が全快、お苦しそうなといって腹をさすって遣ると水あたりの差込《さしこみ》の留《と》まったのがある、初手《しょて》は若い男ばかりに利いたが、段々老人《としより》にも及ぼして、後《のち》には婦人《おんな》の病人もこれで復《なお》る、復らぬまでも苦痛《いたみ》が薄らぐ、根太《ねぶと》の膿《うみ》を切って出すさえ、錆《さ》びた小刀《こがたな》で引裂《ひっさ》く医者殿が腕前じゃ、病人は七顛八倒《しちてんはっとう》して悲鳴を上げるのが、娘が来て背中へぴったりと胸をあてて肩を押えていると、我慢が出来るといったようなわけであったそうな。

一時《ひとしきり》あの藪《やぶ》の前にある枇杷《びわ》の古木《こぼく》へ熊蜂《くまんばち》が来て可恐《おそろ》しい大きな巣をかけた。

するると医者の内弟子で薬局、拭掃除《ふきそうじ》もすれば総菜畠《そうざいばたけ》の芋《いも》も掘る、近い所へは車夫も勤めた、下男兼帯の熊蔵という、その頃二十四、五歳、稀塩散《きえんさん》に単舎利別《たんしゃりべつ》を混ぜたのを瓶《びん》に盗んで、内が吝嗇《けち》じゃから見附《みつ》かると叱《しか》られる、これを股引《ももひき》や袴《はかま》と一所《いっしょ》に戸棚の上に載せて置いて、隙《ひま》さえあればちびりちびり飲んでた男が、庭掃除をするといって、件《くだん》の蜂の巣を見つけたっけ。

縁側へ遣って来て、お嬢様面白いことをしてお目に懸けましょう、無躾《ぶしつけ》でございますが、私《わたし》のこの手を握って下さりますと、あの蜂の中へ突込《つっこ》んで、蜂を摑《つか》んで見せましょう。お手が障った所だけは螫《さ》しましても痛みませぬ、竹箒《たけぼうき》で引払《ひっぱた》いては八方へ散らばって体中に集《たか》られてはそれは凌《しの》げませぬ即死でございますがと、微笑《ほほえ》んで控える手で無理に握って貰《もら》い、つかつかと行《ゆ》くと、凄《すさま》じい虫の唸《うなり》、軈《やが》て取って返した左の手に熊蜂《くまんばち》が七《なな》ツ八《や》ツ、羽ばたきをするのがある、脚を振うのがある、中には摑んだ指の股《また》へ這出《はいだ》しているのがあった。

さあ、あの神様の手が障れば鉄砲玉でも通るまいと、蜘蛛《くも》の巣のように評判が八方へ。

その頃からいつとなく感得したものと見えて、仔細《しさい》あって、あの白痴《ばか》に身を任せて山に籠《こも》ってからは神変不思議《しんぺんふしぎ》、年を経《ふ》るに従うて神通自在じゃ、はじめは体を押《おし》つけたのが、足ばかりとなり、手さきとなり、果《はて》は間《あいだ》を隔てていても、道を迷うた旅人は嬢様が思うままはッという呼吸《いき》で変ずるわ。

と親仁《おやじ》がその時物語って、御坊《ごぼう》は、孤家《ひとつや》の周囲《ぐるり》で、猿を見たろう、蟇《ひき》を見たろう、蝙蝠《こうもり》を見たであろう、兎《うさぎ》も蛇も皆《みんな》嬢様に谷川の水を浴びせられて畜生にされたる輩《やから》！

あわれその時あの婦人《おんな》が、蟇に絡《まつわ》られたのも、猿に抱かれたのも、蝙蝠に吸われたのも、夜中に魑魅魍魎《ちみもうりょう》に魘《おそ》われたのも、思い出して、私《わし》は犇々《ひしひし》と胸に当った。

なお親仁のいうよう。

今の白痴《ばか》も、件《くだん》の評判の高かった頃、医者の内へ来た病人、その頃は未《ま》だ子供、朴《ぼく》訥《とつ》な父親が附添《つきそ》い、髪の長い、兄貴がおぶって山から出て来た。脚に難渋な腫物《はれもの》があった、その療治《りょうじ》を頼んだので。

固《もと》より一室《ひとま》を借受《かりう》けて、逗留《とうりゅう》をしておったが、かほどの悩《なやみ》は大事《おおごと》じゃ、血も大分《だいぶん》に出さねばならぬ、殊に子供、手を下《おろ》すには体に精分《せいぶん》をつけてからと、先ず一日に三ツずつ鶏卵《たまご》を飲まして、気休めに膏薬《こうやく》を貼《は》って置く。

その膏薬を剝《は》がすにも親や兄、また傍《そば》のものが手を懸けると、堅くなって硬《こわ》ばったのが、めりめりと肉にくッついて取れる、ひいひいと泣くのじゃが、娘が手をかけてやれば黙って耐《こら》えた。

一体は医者殿、手のつけようがなくって身の衰《おとろえ》をいい立てに一日延ばしにしたのじゃが三日経《た》つと、兄を残して、克明な父親《てておや》は股引《ももひき》の膝でずって、あとさがりに玄関から土間へ、草鞋《わらじ》を穿《は》いてまた地《つち》に手をついて、次男坊の生命《いのち》の扶《たす》かりますように、ねえねえ、というて山へ帰った。

それでもなかなか捗取《はかど》らず、七日《なぬか》も経ったので、後に残って附添っていた兄者人《あにじゃひと》が、丁度刈入《かりいれ》で、この節《せつ》は手が八本も欲しいほど忙しい、お天気模様も雨のよう、長雨にでもなりますと、山畠《やまばたけ》にかけがえのない、稲が腐っては、餓死《うえじに》でござりまする、総領の私《わし》は、一番の働手《はたらきて》、こうしてはおられませぬから、と辞《ことわ》をいって、やれ泣くでねえぞ、としんみり子供にいい聞かせて病人を置いて行った。

後には子供一人、その時が、戸長様《こちょうさま》の帳面前年紀《とし》六ツ《むっ》、親六十で児《こ》が二十《はたち》なら徴兵はお目こぼしと何《なに》を間違えたか届《とどけ》が五年遅うして本当は十一、それでも奥山で育ったから村の言葉も碌《ろく》には知らぬが、怜悧《りこう》な生れで聞分《ききわけ》があるから、三ツずつあいかわらず鶏卵《たまご》を吸わせられる汁《つゆ》も、今に療治の時残らず血になって出ることと推量して、べそを掻《か》いても、兄者《あにじゃ》が泣くなといわしったと、耐《こら》えていた心の内。娘の情《なさけ》で内と一所《いっしょ》に膳《ぜん》を並べて食事をさせると、沢庵《たくあん》の切《きれ》をくわえて隅の方《ほう》へ引込《ひきこ》むいじらしさ。

弥《いよい》よ明日《あす》が手術という夜《よ》は、皆寐《みんなね》静《しず》まってから、しくしく蚊のように泣いているのを、手水《ちょうず》に起きた娘が見つけてあまり不便《ふびん》さに抱いて寝てやった。

さて治療《りょうじ》となると例の如《ごと》く娘が背後《うしろ》から抱いていたから、脂汗《あぶらあせ》を流しながら切れものが入るのを、感心にじっと耐《こら》えたのに、何処《どこ》を切違《きりちが》えたか、それから流れ出した血が留まらず、見る見る内に色が変って、危くなった。

医者も蒼《あお》くなって、騒いだが、神の扶《たす》けか漸《ようよ》う生命《いのち》は取留《とりと》まり、三日ばかりで血も留《とま》ったが、到頭《とうとう》腰が抜けた、固《もと》より不具《かたわ》。

これが引摺《ひきず》って、足を見ながら情《なさけ》なそうな顔をする、蟋蟀《きりぎりす》が𢷡《も》がれた脚を口に銜《くわ》えて泣くのを見るよう、目もあてられたものではない。

しまいには泣出《なきだ》すと、外聞もあり、少焦《すこじれ》で、医者は可恐《おそろ》しい顔をして睨《にら》みつけると、あわれがって抱きあげる娘の胸に顔をかくして縋る状《さま》に、年来《としごろ》随分と人を手にかけた医者も我《が》を折って腕組をして、はッという溜息《ためいき》。

軈《やが》て父親《てておや》が迎《むかえ》にござった、因果と断念《あきら》めて、別に不足はいわなんだが、何分小児《なにぶんこども》が娘の手を放《はな》れようといわぬので、医者も幸《さいわい》、言訳旁《いいわけかたがた》、親兄《おやあに》の心をなだめるため、其処《そこ》で娘に小児《こども》を家《うち》まで送らせることにした。

送って来たのが孤家《ひとつや》で。

その時分はまだ一個の荘《そう》、家も小二十軒《こにじっけん》あったのが、娘が来て一日二日《いちにちふつか》、ついほだされて逗留した五日目から大雨が降出《ふりだ》した。滝を覆すようで小歇《おやみ》もなく家《うち》に居ながら皆蓑笠《みんなみのかさ》で凌《しの》いだ位《くらい》、茅葺《かやぶき》の繕《つくろ》いをすることは扨置《さて》いて、表の戸もあけられず、内から内、隣同士、おうおうと声をかけ合って纔《わずか》に未《ま》だ人種《ひとだね》の世に尽きぬのを知るばかり、八日を八百年と雨の中に籠ると九日目の真夜中から大風《おおかぜ》が吹出《ふきだ》してその風の勢《いきおい》ここが峠という処で忽《たちま》ち泥海。

この洪水で生残《いきのこ》ったのは、不思議にも娘と小児《こども》とそれにその時村から供をしたこの親仁《おやじ》ばかり。

同一《おなじ》水で医者の内も死絶《しにた》えた、さればかような美女が片田舎に生れたのも国が世がわり、代《だい》がわりの前兆であろうと、土地のものは言い伝えた。

嬢様は帰るに家なく、世に唯《ただ》一人となって小児《こども》と一所に山に留《とど》まったのは御坊《ごぼう》が見らるる通り、またあの白痴《ばか》につきそって行届《ゆきとど》いた世話も見らるる通り、洪水の時から十三年、いまになるまで一日もかわりはない。

といい果てて親仁《おやじ》はまた気味の悪い北叟笑《ほくそえみ》。

(こう身の上を話したら、嬢様を不便《ふびん》がって、薪《まき》を折ったり水を汲《く》む手助けでもしてやりたいと、情《なさけ》が懸《かか》ろう。本来の好心《すきごころ》、可加減《いいかげん》な慈悲じゃとか、情《なさけ》じゃとかいう名につけて、一層《いっそ》山へ帰りたかんべい、はて措《お》かっしゃい。あの白痴殿《ばかどの》の女房になって世の中へは目もやらぬ換《かわり》にゃあ、嬢様は如意自在、男はより取って、飽《ど》けば、息をかけて獣《けもの》にするわ、殊にその洪水以来、山を穿《うが》ったこの流《ながれ》は天道様《てんとうさま》がお授けの、男を誘《いざな》う怪《あや》しの水、生命《いのち》を取られぬものはないのじゃ。

天狗道《てんぐどう》にも三熱《さんねつ》の苦悩、髪が乱れ、色が蒼ざめ、胸が痩《や》せて手足が細れば、谷川を浴びると旧《もと》の通り、それこそ水が垂るばかり、招けば活《い》きた魚《うお》も来る、睨《にら》めば美しい木《こ》の実も落つる、袖《そで》を翳《かざ》せば雨も降るなり、眉《まゆ》を開《ひら》けば風も吹くぞよ。

然《しか》もうまれつきの色好み、殊にまた若いのが好《すき》じゃで、何《なに》か御坊にいうたであろうが、それを実《まこと》とした処《ところ》で、軈《やが》て飽かれると尾が出来る、耳が動く、足がのびる、忽《たちま》ち形が変ずるばかりじゃ。

いや聴て、この鯉《こい》を料理して、大胡坐《おおあぐら》で飲む時の魔神《ましん》の姿が見せたいな。

妄念は起さずに早《はよ》う此処《ここ》を退《の》かっしゃい、助けられたが不思議な位《くらい》、嬢様別してのお情《なさけ》じゃわ、生命冥加《いのちみょうが》な、お若いの、きっと修行をさっしゃりませ。）とまた一ツ背中を叩いた、親仁は鯉を提げたまま見向きもしないで、山路《やまじ》を上《かみ》の方《ほう》。

見送ると小さくなって、一座の大山《おおやま》の背後《うしろ》へかくれたと思うと、油旱《あぶらひでり》の焼けるような空に、その山の巓《いただき》から、すくすくと雲が出た、滝の音も静まるばかり殷々《いんいん》として雷《らい》の響《ひびき》。

藻《も》抜《ぬ》けのように立っていた、私《わし》が魂は身に戻った、其方《そなた》を拝むと斉《ひと》しく、杖《つえ》をかい込み、小笠《おがさ》を傾け、踵《くびす》を返すと慌《あわただ》しく一散に駈《か》け下りたが、里に着いた時分に山は驟雨《ゆうだち》、親仁が婦人《おんな》に齎《もた》らした鯉もこのために活きて孤家《ひとつや》に着いたろうと思う大雨であった。」

高野聖《こうやひじり》はこのことについて、敢《あえ》て別に註《ちゅう》して教《おしえ》を与えはしなかったが、翌朝袂《よくちょうたもと》を分って、雪中山越《せっちゅうやまごえ》にかかるのを、名残《なごり》惜しく見送ると、ちらちらと雪の降るなかを次第に高く坂道を上《のぼ》る聖《ひじり》の姿、恰《あたか》も雲に駕《が》して行《ゆ》くように見えたのである。

眉かくしの霊

一

木曽《きそ》街道《かいどう》、奈良井《ならい》の駅は、中央線起点、飯田町《いいだまち》より一五八哩《マイル》二、海抜三二〇〇尺、と言出《いいだ》すより、膝栗毛《ひざくりげ》を思う方《ほう》が手取早《てっとりばや》く行旅《こうりょ》の情を催させる。

ここは弥次郎兵衛《やじろべえ》、喜多八《きだはち》が、とぼとぼと鳥居峠を越すと、日も西の山の端《は》に傾きければ、両側の旅籠屋《はたごや》より、女ども立出《たちい》でて、もしもしお泊りじゃござんしないか、お風呂《ふろ》も湧《わ》いていづに、お泊《とま》りなお泊りな――喜多八が、まだ少し早いけれど……弥《や》次郎《じろう》、もう泊ってもよかろう、のう姐《ねえ》さん――女、お泊りなさんし、お夜食はお飯《まんま》でも、蕎麦《そば》でも、お蕎麦でよかあ、おはたご安くしてあげませづ。弥次郎、いかさま、安い方《ほう》がいい、蕎麦でいくらだ。女、はい、お蕎麦なら百十六銭《もん》でござんさあ。二人は旅銀の乏しさに、そんならそうと極《き》めて泊って、湯から上《あが》ると、その約束の蕎麦が出る。早速にくいかかって、喜多八、こっちの方《ほう》では蕎麦はいいが、したじが悪いにはあやまる。弥次郎、そのかわりにお給仕がうつくしいからいい、のう姐さん、と洒落《しゃれ》かかって、もう一杯くんねえ。女、もうお蕎麦はそれ切《ぎ》りでござんさあ。弥次郎、なに、もうねえのか、たった二ぜんずつ食ったものを、つまらねえ、これじゃあ食いたりねえ。喜多八、はたごが安いも凄《すさま》じい。二はいばかり食っていられるものか。弥次郎……馬鹿なつらな、銭は出すから飯《めし》をくんねえ。……無慙《むざん》や、なけなしの懐中《ふところ》を、けっく蕎麦だけ余計につかわされて悄気《しょげ》返る。その夜《よ》、故郷の江戸お箪笥町《たんすまち》引出し横町、取手屋《とってや》の鐶兵衛《かんべえ》とて、工面のいい馴染《なじみ》に逢《あ》って、ふもとの山寺に詣《もう》でて鹿の鳴声《なきごえ》を聞いた処《ところ》……

……と思うと、ふと此処《ここ》で泊りたくなった。停車場《ステエション》を、もう汽車が出ようとする間際だったと言うのである。

この、筆者の友、境賛吉《さかいさんきち》は、実は蔦《つた》かずら木曽の桟橋《かけはし》、寐覚《ねざめ》の床《とこ》などを見物のつもりで、上松《あげまつ》までの切符を持っていた。霜月《しもつき》の半《なかば》であった。

「……然《しか》も、その(蕎麦二膳《にぜん》)には不思議な縁がありましたよ……」

と、境が話した――

昨夜《さくや》は松本で一泊した。御存じの通り、この線の汽車は塩尻《しおじり》から分岐点《のりかえ》で、東京から上松へ行《ゆ》くものが松本で泊ったのは妙である。尤《もっと》も、松本へ用があって立寄ったのだと言えば、それまでで雑《ざっ》と済む。が、それだと、しめくくりが緩んで些《ち》と辻褄《つじつま》が合わない。何《なに》も穿鑿《せんさく》をするのではないけれど、実は日数《にっすう》の少《すく》いのに、汽車の遊びを貪《むさぼ》った旅行《たび》で、行途《ゆき》は上野から高崎、妙義山《みょうぎさん》を見つつ、横川、熊《くま》の平《たいら》、浅間を眺め、軽井沢、追分《おいわけ》をすぎ、篠《しの》の井《い》線に乗替えて、姨捨《おばすて》田毎《たごと》を窓から覗《のぞ》いて、泊りは其処《そこ》で松本が予定であった。その松本には「いい娘《むすめ》の居《い》る旅館があります。懇意ですから御紹介をしましょう」と、名のきこえた画家が添手紙《そえでがみ》をしてくれた。……よせばいいのに、昨夜《さくや》その旅館につくと、成程《なるほど》、帳場にはそれらしい束髪の女が一人見えたが、座敷へ案内したのは無論女中で。……さてその紹介状を渡したけれども、娘なんぞ寄っても着かない、……ばかりでない。この霜夜《しもよ》に、出《だし》がらの生温《なまぬる》い渋茶一杯汲《く》んだきりで、お夜食ともお飯《まんま》とも言出《いいだ》さぬ。座敷は立派で卓は紫檀《したん》だ。火鉢は大《おお》きい。が火の気《け》はぽっちり。で、灰の白いのにしがみついて、何《なに》しろ暖《あたたか》いものでお銚子《ちょうし》をと云《い》うと、板前で火を引いてしまいました、何《なん》にも出来ませんと、女中《ねえさん》の素気《そっけ》なさ。寒さは寒し、成程、火を引いたような、家中寂寞《いえじゅうひっそり》とはしていたが、まだ十一時前である……酒だけなりと、頼むと、お生憎《あいにく》。酒はないのか、ございません。——じゃ、麦酒《ビイル》でも。それもお気の毒様だと言う。姐《ねえ》さん、……境は少々居直って、何処《どこ》か近所から取寄せて貰《もら》えまいか。へいもう遅うござりますで、飲食店は寝ましたでな……飲食店だと言やあがる。はてな、停車場《ステエション》から、震えながら俥《くるま》で来る途中、ついこの近まわりに、冷《つめた》い音して、川が流れて、橋がかかって、両側に遊廓《ゆうかく》らしい家が並んで、茶めしの赤い行燈《あんどん》もふわりと目の前にちらつくのに——ああ、こうと知ったら軽井沢で買った二《に》合罎《ごうびん》を、次郎どのの狗《いぬ》ではないが、皆《みな》なめてしまうのではなかったものを。大歎息《おおためいき》とともに空《すき》腹《ばら》をぐうと鳴らして可哀《あわれ》な声で、姐さん、そうすると、酒もなし、麦酒《ビイル》もなし、肴《さかな》もなし……お飯《まんま》は。いえさ、今晩の旅籠《はたご》の飯《めし》は。へい、それが間に合いませんので……火を引いたあとなもんでなあ——何《なん》の怨《うらみ》か知らないが、こうなると冷遇を通越《とおりこ》して奇《きっ》怪《かい》である。なまじ紹介状があるだけに、喧嘩《けんか》面《づら》で、宿を替えるとも言われない。前世の業《ごう》と断念《あきら》めて、せめて近所で、蕎麦か饂飩《うどん》の御都合はなるまいか、と恐る恐る申出《もうしで》ると、饂飩なら聞いて見ましょう。ああ、それを二ぜん頼みます。女中は遁腰《にげごし》のもったて尻《じり》で、敷居へ半分だけ突込《つきこ》んでいた膝《ひざ》を、ぬいと引っこ抜いて不精に出《で》て行《ゆ》く。

待つ事少時《しばらく》して、盆で突出《つきだ》した奴《やつ》を見ると、丼《どんぶり》が唯《たっ》た一つ。腹の空《す》いた悲しさに、姐さん二ぜんと頼んだのだが。と詰《なじ》るように言うと、へい、二ぜん分、装込《もりこ》んでございますで。いや、相わかりました。どうぞお構いなく、お引取《ひきとり》を、と言うまでもなし……ついと尻を見せて、すたすたと廊下を行《ゆ》くのを、継児《ままっこ》のような目つきで見ながら、抱込《だきこ》むばかりに蓋《ふた》を取ると、成程、二ぜんもり込みだけに汁《したじ》がぽっちり、饂飩《うどん》は白く乾いていた。

この旅館が、秋葉山三尺坊《あきばさんさんじゃくぼう》が、飯綱権現《いいづなごんげん》へ、客をたちものにした処へ打撞《ぶつか》ったのであろう、泣くより笑《わらい》だ。

その……饂飩二ぜんの昨夜《ゆうべ》を、むかし弥次郎、喜多八が、夕旅籠《ゆうはたご》の蕎麦二ぜんに思い較《くら》べた。聊《いささ》か仰山だが、不思議の縁と言うのはこれで――急に奈良井へ泊ってみたくなったのである。

日あしも木曽の山の端《は》に傾いた。宿《しゅく》には一時雨颯《ひとしぐれさっ》とかかった。

雨ぐらいの用意はしている。駅前の俥《くるま》は便《たよ》らないで、洋傘《かさ》で寂《さび》しく凌《しの》いで、鴨居《かもい》の暗い檐《のき》づたいに、石ころ路《みち》を辿《たど》りながら、度胸は据えたぞ。――持って来い、蕎麦二膳。で、昨夜《ゆうべ》の饂飩は暗討《やみうち》だ、――今宵《こよい》の蕎麦は望む処だ。――旅のあわれを味おうと、硝子張《ガラスばり》の旅館一、二軒を、故《わざ》と避けて、軒に山駕籠《やまかご》と干菜《ひば》を釣《つる》し、土間の竈《かまど》で、割木《わりぎ》の火を焚《た》く、侘《わび》しそうな旅籠屋を烏《からす》のように覗込《のぞきこ》み、黒き外套《がいとう》で、御免と、入ると、頬冠《ほおかぶり》をした親父《おやじ》がその竈の下を焚いている。框《かまち》がだだ広《びろ》く、炉が大きく、煤《すす》けた天井に八間行燈《はちけん》の掛ったのは、山駕籠と対《つい》の註文《ちゅうもん》通り。階子《はしご》下の暗い帳場に、坊主頭の番頭は面白い。

「入《い》らっせえ。」

蕎麦二膳、蕎麦二膳と、境が覚悟の目の前へ、身軽にひょいと出て、慇懃《いんぎん》に会釈をされたのは、焼麩《やきふ》だと思う（しっぽく）の加料《かやく》が蒲鉾《かまぼこ》だったような気がした。

「お客様だよ――鶴《つる》の三番。」

女中も、服装《みなり》は木綿だが、前垂がけの薩張《さっぱり》した、年紀《とし》の少《わか》い色白なのが、窓、欄干《らんかん》を覗く、松の中を、攀上《よじのぼ》るように三階《さんがい》へ案内した。――十畳敷《じゅうじょうじき》。……柱も天井も丈夫造りで、床《とこ》の間《ま》の誂《あつらえ》にも聊《いささ》かの厭味《いやみ》がない、玄関つきとは似もつかない、しっかりした屋台である。

敷蒲団《しきぶとん》の綿も暖かに、熊の皮の見事なのが敷いてあるは。ははあ、膝栗毛時代に、峠路《とうげじ》で売っていた、猿の腹ごもり、大蛇《おろち》の肝、獣《けもの》の皮と言うのはこれだ、と滑稽《おどけ》た殿様になって件《くだん》の熊の皮に着座に及ぶと、すぐに台十能《だいじゅう》へ火を入れて女中《ねえ》さんが上《あが》って来て、惜気もなく銅《あか》の大火鉢へ打《ぶち》まけたが、また夥多《おびただ》しい。青い火《ひ》さきが、堅炭《かたずみ》を搦《から》んで、真赤《まっか》に烘《おこ》って、窓に沁入《しみい》る山颪《やまおろし》は颯《さっ》と冴《さ》える。三階《さんがい》にこの火の勢《いきおい》は、大地震《おおじしん》のあとでは、些《ち》と申すのも憚《はばか》りあるばかりである。

湯にも入った。

さて膳だが、——蝶脚《ちょうあし》の上を見ると、蕎麦扱《そばあつかい》にしたは気恥かしい。わらさの照焼《てりやき》はとにかくとして、ふっと煙の立つ厚焼の玉子に、椀《わん》が真白《まっしろ》な半ぺんの葛《くず》かけ。皿についたのは、このあたりで佳品《かひん》と聞く、鶫《つぐみ》を、何《なん》と、頭《かしら》を猪口《ちょく》に、股《また》をふっくり、胸を開《ひら》いて、五羽、殆《ほとん》ど丸焼《まるやき》にして芳《かんば》しくつけてあった。

「難有《ありがた》い、……実に難有い。」

境は、その女中に馴れない手つきの、それも嬉《うれ》しい……酌《しゃく》をして貰いながら、熊に乗って、仙人の御馳走《ごちそう》になるように、慇懃に礼を言った。

「これは大した御馳走ですな。……実に難有い……全く礼を言いたいなあ。」

心底の事である。はぐらかすとは様子にも見えないから、若い女中もかけ引《ひき》なしに、

「旦那《だんな》さん、お気に入りまして嬉しゅうございますわ。さあ、もうお一つ。」

「頂戴《ちょうだい》しよう。尚《な》お重ねて頂戴しよう。——時に姐《ねえ》さん、この上のお願いだがね、……どうだろう、この鶫を別に貰って、此処《ここ》へ鍋《なべ》に掛けて、煮ながら食べると言うわけには行《ゆ》くまいか。——鶫はまだいくらもあるかい。」

「ええ、笊《ざる》に三杯《さんばい》もございます。まだ台所の柱にも束にしてかかっております。」

「そいつは豪気《ごうぎ》だ。――少し余分に貰いたい、此処で煮るように……可《い》いかい。」

「はい、そう申します。」

「次手《ついで》にお銚子を。火がいいから傍《そば》へ置くだけでも冷めはしない。……通いが遠くって気の毒だ。三本ばかり一時《いちどき》に持っておいで。……どうだい。岩見重太郎《いわみじゅうたろう》が註文《ちゅうもん》をするようだろう。」

「おほほ。」

今朝、松本で、顔を洗った水瓶《みずがめ》の水とともに、胸が氷に鎖《とざ》されたから、何《なん》の考えもつかなかった。ここで暖かに心が解けると、……分った、饂飩《うどん》で虐待した理由《わけ》と言うのが――紹介状をつけた画伯は、近頃でこそ一家をなしたが、若くて放浪した時代に信州路《しんしゅうじ》を経歴《へめぐ》って、その旅館には五月《いつつき》あまりも閉籠《とじこも》った。滞《とどこお》る旅籠代の催促もせず、帰途《かえり》には草鞋銭《わらじせん》まで心着《こころづ》けた深切な家《うち》だと言った。が、ああ、それだ。……おなじ人の紹介だから旅籠代を滞らして、草鞋銭を貰うのだと思ったに違いない。……

「ええ、これは、お客様、お麁末《そまつ》な事でして。」

と紺《こん》の鯉口《こいぐち》に、おなじ幅広《はばびろ》の前掛した、痩《や》せた、色のやや青黒い、陰気だが律儀らしい、まだ三十六、七ぐらいな、五分刈《ごぶがり》の男が丁寧に襖際《ふすまぎわ》に畏《かしこ》まった。

「どういたして、……実《まこと》に御馳走様。……番頭さんですか。」

「いえ、当家の料理人にございますが、至って不束《ふつつか》でございまして。……それに、斯《か》ような山家《やまが》辺鄙《へんぴ》で、一向お口に合いますものもございませんで。」

「飛んでもないこと。」

「つきまして、……唯今《ただいま》、女どもまでおっしゃりつけでございましたが、鶫《つぐみ》を、貴方様《あなたさま》、何《なに》か鍋でめしあがりたいというお言《ことば》で、如何《いか》ようにいたして差上げましょうやら、右、女どももやっぱり田舎ものの事でございますで、よくお言がのみ込めかねます。ゆえに失礼ではございますが、一寸《ちょいと》お伺いに出ましてございますが。」

「そいつはどうも恐縮です。――遠方の処を。」

境は少なからず面くらった。

「串戯《じょうだん》のようですが、全く三階《さんがい》まで。」

と浮《うっか》り言った。……

「どう仕《つかまつ》りまして。」

「まあ、此方《こちら》へ――お忙しいんですか。」

「いえ、お膳は、もう差上げました。それが、お客様も、貴方様のほか、お二組ぐらいよりございません。」

「では、まあ此方《こちら》へ。――さあ、ずっと。」

「はッ、どうも。」

「失礼をするかも知れないが、まあ、一杯《ひとつ》。ああ、――丁度お銚子が来た。女中《ねえ》さん、お酌をしてあげて下さい。」

「は、いえ、手前不調法で。」

「まあまあ一杯《ひとつ》。――弱ったな、どうも、鶫を鍋でと言って、……その何《なん》ですよ。」

「旦那様、帳場でも、あの、そう申しておりますの。鶫は焼いてめしあがるのが一番おいしいんでございますって。」

「お膳にもつけて差上げましたが、これを頭から、その脳味噌《のうみそ》をするりとな、ひと噛《かじ》りにめしあがりますのが、おいしいんでございまして、ええ飛んだ田舎流儀ではございますがな。」

「お料理番さん……私《わたし》は決して、料理をとやこう言うたのではないのですよ。……弱ったな、どうも。実はね、あるその宴会の席で、その席にいた芸妓《げいしゃ》が、木曽の鶫の話をしたんです――大分《だいぶ》酒が乱れて来て、何《なん》とか節《ぶし》と言うのが、あっち此方《こっち》ではじまると、木曽節と言うのがこの時顕《あらわ》れて、――きいても可懐《なつかし》い土地だから、うろ覚えに覚えているが、(木曽へ木曽へと積出《つみだ》す米は)何《なん》とかって言うのでね……」

「さようで。」

と真四角に猪口《ちょく》をおくと、二《ふた》つ提《さげ》の煙草入《たばこいれ》から、吸いかけた煙管《きせる》を、金《かね》の火鉢だ、遠慮なくコッツンと敲《たた》いて、

「……(伊那《いな》や高遠《たかと》の余《あま》り米《ごめ》)……と言うでございます、米《こめ》、この女中の名でございます、お米《よね》。」

「あら、何《なん》だよ、伊作さん。」

と女中が横にらみに笑って睨《にら》んで、

「旦那さん、――この人は、家《うち》が伊那だもんでございますから。」

「はあ、勝頼様《かつよりさま》と同国ですな。」

「まあ、勝頼様は、こんな男振《おとこぶり》じゃありませんが。」

「当前《あたりまえ》よ。」

とむッつりした料理番は、苦笑《にがわらい》もせず、またコッツンと煙管を払《はた》く。

「それだもんですから、伊那の贔屓《ひいき》をしますの――木曽で唄《うた》うのは違いますが。

――（伊那や高遠へ積出す米は、みんな木曽路の余り米）――と言いますの。」

「さあ……それは孰《どっ》ちにしろ……その木曽へ、木曽への機掛《きっかけ》に出た話なんですから、私《わたし》たちも酔ってはいるし、それがあとの贄川《にえがわ》だか、峠を越した先の藪原《やぶはら》、福島、上松《あげまつ》のあたりだか、よくは訊《き》かなかったけれども、その芸妓《げいしゃ》が、客と一所《いっしょ》に、鶫あみを掛けに木曽へ行ったと言う話をしたんです。……まだ夜《よ》の暗いうちに山道をずんずん上《のぼ》って、案内者の指揮《さしず》の場所で、かすみを張って囮《おとり》を揚げると、夜明前、霧のしらじらに、向うの尾上《おのえ》を、ぱっと此方《こちら》の山の端《は》へ渡る鶫の群《むれ》が、むらむらと来て、羽ばたきをして、かすみに掛《かか》る。じわじわととって占めて、すぐに焚火《たきび》で附焼《つけやき》にして、膏《あぶら》の熱い処を、ちゅッと吸って食べるんだが、そのおいしい事、……と言って、話をしてね……」

「はあ、まったくで。」

「……ぶるぶる寒いから、煮燗《にえかん》で、一杯のみながら、息もつかずに、幾口《いくくち》か鶫を噛《かじ》って、ああ、おいしいと一息《ひといき》して、焚火に獅噛《しが》みついたのが、すっと立つと、案内についた土地の猟師が二人、きゃッと言った――その何《なん》なんですよ、芸妓《げいしゃ》の口が血だらけになっていたんだとさ。生々《なまなま》とした半熟の小鳥の血です。……とこの話をしながら、うっかりしたようにその芸妓《げいしゃ》は手巾《ハンケチ》で口を圧《おさ》えたんですがね……たらたらと赤いやつが沁《し》みそうで、私《わたし》は顔を見ましたよ。触《さわ》ると撓《しな》いそうな痩せぎすな、すらりとした、若い女で。……聞いてもうまそうだが、これは凄《すご》かったろう、その時、東京で想像しても、嶮《けわし》いとも、高いとも、深いとも、峰谷《みねたに》の重《かさな》り合った木曽山中《さんちゅう》のしらしらあけです……暗い裾《すそ》に焚火を搦《から》めて、すっくりと立上《たちあが》ったと言う、自然、目の下の峰よりも高い処で、霧の中から綺麗《きれい》な首が。」

「可厭《いや》、旦那さん。」

「話は拙《まず》くっても、何《なん》となく不気味だね。その口が血だらけなんだ。」

「いや、如何《いか》にも。」

「ああ、よく無事だったな、と私《わたし》が言うと、どうして? と訊くから、そう云うのが、慌てる銃猟家《じゅうりょうか》だの、魔のさした猟師に、峰越《みねごし》の笹原《ささはら》から狙撃《ねらいうち》に二《ふた》つ弾丸《だま》を食《くら》うんです。……場所と言い……時刻と言い……昔から、夜待《よまち》、あけ方《がた》の鳥あみには、魔がさして、怪しい事があると言うが、まったくそれは魔がさしたんだ。だって、覿面《てきめん》に綺麗な鬼になったじゃあないか。……どうせそうよ、……私《わたし》は鬼よ。――でも人に食われる方《ほう》の……なぞと言いながら、でも可恐《こわ》いわね、ぞっとする。と、また口を手巾《ハンケチ》で圧えていたのさ。」

「ふーん。」と料理番は、我を忘れて沈んだ声して、

「ええ、旦那。へい、どうも、いや、全く。――実際、危うございますな。――そう言う場合には、きっと怪我《けが》があるんでして……よく、その姐《ねえ》さんは御無事でした。この贄川《にえがわ》の川上《かわかみ》、御嶽口《おんたけぐち》。美濃《みの》寄りの峡《かい》は、よけいに取れますが、その方《かた》の場所は何処《どこ》でございますか存じません――芸妓衆《げいしゃしゅう》は東京のどちらの方《かた》で。」

「何《なに》、下町の方《ほう》ですがね。」

「柳橋……」

と言って、覗《のぞ》くように、熟《じっ》と見た。

「……或《あるい》はその新橋とか申します……」

「いや、その真中《まんなか》ほどです……日本橋の方《ほう》だけれど、宴会の席ばかりでの話ですよ。」

「お処が分って差支《さしつか》えがございませんければ、参考のために、その場所を伺って置きたいくらいでございまして。……この、深山幽谷《しんざんゆうこく》の事は、人間の智慧《ちえ》には及びません――」

女中も俯向《うつむ》いて暗い顔した。

境は、この場合誰《だれ》もしよう、乗出しながら、

「何《なに》か、この辺に変った事でも。」

「……別にその、と云ってございません。しかし、流《ながれ》に瀬がございますように、山にも淵《ふち》がございますで、気をつけなければなりません。——唯今《ただいま》さしあげました鶫《つぐみ》は、これは、つい一両日続きまして、珍しく上の峠口で猟があったのでございます。」

「さあ、それなんですよ。」

境は更《あらた》めて猪口《ちょく》をうけつつ、

「料理番さん。きみのお手際で膳につけておくんなすったのが、見てもうまそうに、香《かんば》しく、脂《あぶら》の垂れそうなので、ふと思出《おもいだ》したのは、今の芸妓《げいしゃ》の口が血の一件でね。しかし私《わたし》は坊さんでも、精進でも、何《なん》でもありません。望んでも結構なんだけれど、見《み》給《たま》え。——窓の外は雨と、もみじで、霧が山を織っている。峰の中には、雪を頂いて、雲を貫いて聳《そび》えたのが見えるんです。——どんな拍子かで、ひょいと立ちでもした時口が血になって首が上へ出ると……野郎でこの面《つら》だから、その芸妓《げいしゃ》のような、凄く美しく、山の神の化身のようには見えまいがね。落残《おちのこ》った柿《かき》だと思って、窓の外から烏《からす》

が突《つつ》かないとも限らない、……ふと変な気がしたものだから。」

「お米《よね》さん――電燈《でんき》が何故《なぜ》か、遅いでないか。」

料理番が沈んだ声で言った。

時雨《しぐれ》は晴れつつ、木曽の山々に暮《くれ》が迫った。奈良井川の瀬が響く。

二

「何《なん》だい、どうしたんです。」

「ああ、旦那《だんな》。」と暗夜《やみよ》の庭の雪の中で。

「鷺《さぎ》が来て、魚《うお》を狙《ねら》うんでございます。」

すぐ窓の外、間近だが、池の水を渡るような料理番――その伊作の声がする。

「人間《ひと》が落ちたか、獺《かわうそ》でも駈廻《かけまわ》るのかと思った、えらい音で驚いたよ。」

これは、その翌日の晩、おなじ旅店《はたごや》の、下座敷《したざしき》での事であった。……

境は奈良井宿に逗留《とうりゅう》した。ここに積《つも》った雪が、朝から降出《ふりだ》したためではない。別にこのあたりを見物するためでもなかった。……昨夜《さくや》は、あれから――鶫《つぐみ》を鍋《なべ》でと誂《あつら》えたのは、しゃも、かしわをするように、膳《ぜん》のわきで火鉢へ掛けて煮るだけの事、と言ったのを、料理番が心得て、そのぶつ切《きり》を、皿に山もり。目笊《めざる》に一杯、葱《ねぎ》のざくざくを添えて、醤油《しょうゆ》も砂糖も、むきだしに担ぎあげた。お米《よね》が烈々と炭を継ぐ。

越《こし》の方《ほう》だが、境《さかい》の故郷いまわりでは、季節になると、この鶫を珍重すること一通りでない。料理屋が鶫御料理《つぐみおんりょうり》、じぶ、おこのみなどと言う立看板を軒に掲げる。鶫うどん、鶫蕎麦《つぐみそば》と蕎麦屋までが貼紙《びら》を張る。ただし安価《やす》くない。何《なん》の椀《わん》、どの鉢に使っても、おん羹《あつもの》、おん小蓋《こぶた》の見識で。ぽっちり三鱗《みきれ》、五鱗《いつきれ》よりは附《つ》けないのに、葱と一所《ひとつ》に打覆《ぶちま》けて、鍋からもりこぼれるような湯気を、天井へ立てたは嬉《うれ》しい。

剰《あま》え熱燗《あつかん》で、熊《くま》の皮に胡坐《あぐら》で居た。

芸妓《げいしゃ》の化《ばけ》ものが、山賊にかわったのである。

寝る時には、厚衾《あつぶすま》に、この熊の皮が上へ被《かぶさ》って、袖《そで》を包み、蔽《おお》い、裾《すそ》を包んだのも面白い。あくる日、雪になろうとてか、夜嵐《よあらし》の、じんと身に浸《し》むのも、木曽川の瀬の凄《すご》いのも、ものの数ともせず、酒の血と、獣の皮とで、ほかほかして三階《さんがい》にぐっすり寝《ね》込《こ》んだ。

次第であるから、朝は朝飯から、ふっふっと吹いて啜《すす》るような豆腐の汁も気に入った。

一昨日《いっさくじつ》の旅館の朝はどうだろう。……溝《どぶ》の上澄《うわずみ》のような冷《つめた》い汁に、おん羹ほどに蜆《しじみ》が泳いで、生煮《なまにえ》の臭さと言ったらなかった。……

山も、空も氷を透《とお》す如《ごと》く澄切《すみき》って、松の葉、枯木《かれき》の閃《きらめ》くばかり、晃々《きらきら》と陽《ひ》がさしつつ、それで、ちらちらと白いものが飛んで、奥山に、熊が人立《じんりつ》して、針を噴くような雪であった。

朝飯《あさ》が済んで少時《しばらく》すると、境はしくしくと腹が疼《いた》み出した。――しばらくして、二、三度はばかりへ通《かよ》った。

あの、饂飩《うどん》の祟《たた》りである。鶫を過食したためでは断じてない。二ぜん分を籠《こみ》にした生《なま》がえりのうどん粉の中毒《あた》らない法はない。腹《おなか》を圧《おさ》えて、饂飩を思うと、思う下からチクチクと筋が動いて痛み出す。――尤《もっと》も、戸外《そと》は日当りに針が飛んでいようが、少々腹が痛もうが、我慢して、汽車に乗れないと言う容体《ようだい》ではなかったので。……唯《ただ》、誰《だれ》も知らない。この宿の居心《いごころ》のいいのにつけて、何処《どこ》かへのつらあてにと、逗留する気になったのである。

処《ところ》で座敷だが――その二度めだったか、廁《かわや》のかえりに、我が座敷へ入ろうとして、三階《さんがい》の欄干《てすり》から、ふと二階を覗《のぞ》くと、階子段《はしごだん》の下に、開《あ》けた障子に、箒《ほうき》とはたきを立《たて》掛《か》けた、中の小座敷に炬燵《こたつ》があって、床《とこ》の間《ま》が見通される。……床《とこ》に行李《こうり》と二つばかり重ねた、あせた萌葱《もえぎ》の風呂敷《ふろしき》づつみの、真田紐《さなだひも》で中結《なかゆわ》えをしたのがあって、旅商人《たびあきんど》と見える中年の男が、ずッぷり床《とこ》を背負《しょ》って当っていると、向合《むかいあい》に、一人の、中年増《ちゅうどしま》の女中が一寸浮腰《ちょいとうきごし》で、膝《ひざ》をついて、手さきだけ炬燵に入れて、少し仰向くようにして、旅商人と話をしている。

なつかしい浮世の状《さま》を、山の崖《がけ》から掘出《ほりだ》して、旅宿《やど》に嵌《は》めたように見えた。

座敷は熊の皮である。境は、ふと奥山へ棄《す》てられたように、里心が着《つ》いた。一昨日《おととい》松本で城を見て、天守に上《のぼ》って、その五層《いつつ》めの朝霜《あさじも》の高層に立って、悚然《ぞっ》としたような、雲に連《つらな》る、山々の犇《ひし》と再び窓に来て、身に迫るのを覚えもした。バスケットに、等閑《なおざり》に絡《から》めたままの、城あとの崩れ堀の苔《こけ》むす石垣を這《は》って枯残《かれのこ》った小さな蔦《つた》の紅《くれない》の、鶫《つぐみ》の血のしたたる如きのを見るにつけても。……急に寂《さび》しい。――「お米《よね》さん、下階《した》に座敷はあるまいか。――炬燵に入ってぐっすりと寐《ね》たいんだ。」

二階の部屋部屋は、時ならず商人衆《あきんどしゅ》の出入《ではい》りがあるからと、望む処の下座敷、おも屋から、土間を長々と板を渡って離座敷《はなれざしき》のような十畳へ導かれたのであった。

肱掛窓《ひじかけまど》の外が、すぐ庭で、池がある。

白雪の飛ぶ中に、緋鯉《ひごい》の背、真鯉《まごい》の鰭《ひれ》の紫は美しい。梅も松もあしらったが、大方は樫槻《かしけやき》の大木である。朴《ほお》の樹《き》の二抱《ふたかかえ》ばかりなのさえすっくと立つ。が、いずれも葉を振《ふる》って、素裸の山神《さんじん》の如き装《よそおい》だったことは言うまでもない。

午後三時頃であったろう。枝に梢《こずえ》に、雪の咲くのを、炬燵で斜違《はすか》いに、くの字になって――いい婦《おんな》だとお目に掛けたい。

肱掛窓を覗くと、池の向うの椿《つばき》の下に料理番が立って、つくねんと腕組して、熟《じっ》と水を瞻《みまも》るのが見えた。例の紺の筒袖《つつッぽ》に、尻《しり》からすぽんと巻いた前垂《まえだれ》で、雪の凌《しの》ぎに鳥打帽《とりうちぼう》を被《かぶ》ったのは、苟《いやし》くも料理番が水中の鯉を覗くとは見えない。大《おお》きな鷭《ばん》が沼の鰌《どじょう》を狙っている形である。山も峰も、雲深くその空を取囲む。

境は山間の旅情を解した。「料理番さん、晩の御馳走《ごちそう》に、その鯉を切るのかね。」

「へへ。」と薄暗い顔を上げてニヤリと笑いながら、鳥打帽を取ってお時儀《じぎ》をして、また被り直すと、そのままごそごそと樹《き》を潜《くぐ》って廂《ひさし》に隠れる。

帳場は遠し、あとは雪がやや繁くなった。

同時に、さらさらさらさらと水の音が響いて聞える。「――また誰《だれ》か洗面所の口金《くちがね》を開放《あけはな》したな。」これがまた二度めで。……今朝三階《さんがい》の座敷を、此処《ここ》へ取替えない前に、些《ち》と遠いが、手水《ちょうず》を取るのに清潔《きれい》だからと女中が案内をするから、この離座敷《はなれ》に近い洗面所に来ると、三ケ所、水道口《みずぐち》があるのにそのどれを捻《ひね》っても水が出ない。さほどの寒さとは思えないが凍《い》てたのかと思って、谺《こだま》のように高く手を鳴《なら》して女中に言うと、「あれ、汲込《くみこ》みます。」と駈出《かけだ》して行《ゆ》くと、やがて、スッと水が出た。——座敷を取替えたあとで、はばかりに行《ゆ》くと、外《ほか》に手水鉢《ちょうずばち》がないから、洗面所の一つを捻ったが、その時はほんのたらたらと滴《したた》って、辛《かろ》うじて用が足りた。

しばらくすると、頻《しき》りに洗面所の方《ほう》で水音がする。炬燵から潜出《もぐりで》て、土間へ下りて橋がかりからそこを覗くと、三ツの水道口、残らず三条《みすじ》の水が一斉《いちどき》にざっと灌《そそ》いで、徒《いたず》らに流れていた。たしない水らしいのに、と一《ひと》つ一《びと》つ、丁寧にしめて座敷へ戻った。が、その時も料理番が池のへりの、同じ処につくねんと佇《たたず》んでいたのである。くどいようだが、料理番の池に立ったのは、これで二度めだ。……朝のは十時頃であったろう。トその時料理番が引込《ひっこ》むと、やがて洗面所の水が、再び高く響いた。

またしても三条《みすじ》の水道が、残らず開放《あけはな》しに流れている。おなじ事、たしない水である。あとで手を洗おうとする時は、きっと涸《か》れるのだからと、またしても口金をしめて置いたが。——

いま、午後の三時ごろ、この時も、更にその水の音が聞え出したのである。庭の外には小川も流れる。奈良井川の瀬も響く。木曽へ来て、水の音を気にするのは、船に乗って波を見まいとするようなものである。望みこそすれ、嫌いも避けもしないのだけれど、不思議に洗面所の開放《あけはな》しばかり気になった。

境はまた廊下へ出た。果して、三条《みすじ》とも揃《そろ》って——しょろしょろと流れている。「旦那《だんな》さん、お風呂ですか。」手拭《てぬぐい》を持っていたのを見て、ここへ火を直しに、台十能《じゅうのう》を持って来かかった、お米《よね》が声を掛けた。「いや——しかし、もう入れるかい。」「直《じ》きでございます。……今日はこの新館のが湧《わ》きますから。」成程、雪の降りしきるなかに、ほんのりと湯の香《か》が通う。洗面所の傍《わき》の西洋扉《せいようど》が湯殿らしい。この窓からも見える。新しく建増《たてま》した柱立てのまま、莚《むしろ》がこいにしたのもあり、足場を組んだ処があり、材木を積んだ納屋もある。が、荒れた厩《うまや》のようになって、落葉に埋《うも》れた、一帯、脇本陣とでも言いそうな旧家が、いつか世が成金とか言った時代の景気に連れて、桑も蚕《かいこ》も当ったであろう、このあたりも火の燃えるような勢《いきおい》に乗じて、贄川《にえがわ》はその昔は、煮え川にして、温泉《いでゆ》の湧いた処だなぞと、ここが温泉にでもなりそうな意気込みで、新館建増《たてまし》にかかったのを、この一座敷《ひとざしき》と、湯殿ばかりで、そのまま沙汰《さた》やみになった事など、あとで分った。「女中《ねえ》さんかい、その水を流すのは。」閉めたばかりの水道の栓を、女中が立ちながら一つずつ開けるのを視《み》て、堪《たま》らず詰《なじ》るように言ったが、次手《ついで》にこの仔細《しさい》も分った。……池は、樹の根に樋《とい》を伏せて裏の川から引くのだが、一年に一、二度ずつ水涸《みずがれ》があって、池の水が干《ひ》ようとする。鯉《こい》も鮒《ふな》も、一処《ひとところ》へ固《かたま》って、泡を立てて弱るので、台所の大桶《おおおけ》へ汲込《くみこ》んだ井戸の水を、遥々《はるばる》とこの洗面所へ送って、橋がかりの下を潜《くぐ》らして、池へ流込《ながしこ》むのだそうであった。

木曽道中の新版を二、三種ばかり、枕もとに散らした炬燵《こたつ》へ、ずぶずぶと潜《もぐ》って、「お米《よね》さん、……折入って、お前さんに頼みがある。」と言いかけて、初々《ういうい》しく一寸《ちょっと》俯向《うつむ》くのを見ると、猛然として、喜多八《きだはち》を思い起して、我が境は一人で笑った。「ははは、心配な事ではないよ。――お庇《かげ》で腹按配《はらあんばい》も至って好《よ》くなったし、……午飯《ひる》を抜いたから、晩には入合《いりあわ》せに且《か》つ食い、大《おおい》に飲むとするんだが、いまね、伊作さんが渋苦《しぶにが》い顔をして池を睨《にら》んで行《ゆ》きました。どうも、鯉のふとり工合《ぐあい》を鑑定《めきき》したものらしい……きっと今晩の御馳走だと思うんだ。――昨夜《ゆうべ》の鶫《つぐみ》じゃないけれど、どうも縁あって池の前に越して来て、鯉と隣附合《となりづきあ》いになってみると、目の前から引上げられて、俎《まないた》で輪切《わぎり》は酷《ひど》い。……板前の都合もあろうし、また我がままを言うのではない。……

活《いき》づくりはお断りだが、実は鯉汁《こいこく》大歓迎なんだ。しかし、魚屋か、何《なに》か、都合して、ほかの鯉を使って貰《もら》うわけには行《ゆ》くまいか。――差出《さしで》て事《こと》だが、一尾《いっぴき》か二尾《にひき》で足りるものなら、お客は幾人だか、今夜の入用《いりよう》だけは私《わたし》がその原料を買っても可《い》いから。」女中の返事が、「いえ、この池のは、いつもお料理にはつかいませんのでございます。うちの旦那も、おかみさんも、御志《おこころざし》の仏の日には、鮒だの、鯉だの、……この池へ放しなさるんでございます。料理番さんもやっぱり。……そして料理番《あのひと》は、この池のを大事にして、可愛《かわい》がって、その所為《せい》ですか、隙《ひま》さえあれば、黙ってああやって庭へ出て、池を覗いていますんです。」「それはお誂《あつらえ》だ。ありがたい。」境は礼を言ったくらいであった。

雪の頂《いただき》から星が一つ下《さが》ったように、入相《いりあい》の座敷に電燈《でんとう》の点《つ》いた時、女中が風呂を知らせに来た。

「すぐに膳を。」と声を掛けて置いて、待構えた湯どのへ、一散――例の洗面所の向うの扉《と》を開《あ》けると、上場《あがりば》らしいが、ハテ真暗《まっくら》である。いやいや、提灯《ちょうちん》が一燈《いっとう》ぼうと薄白く点《つ》いている。其処《そこ》にもう一枚扉《ひらき》があって閉《しま》っていた。その裡《なか》が湯どのらしい。

「半作事《はんさくじ》だと言うから、まだ電燈《でんき》が点かないのだろう。おお、二つ巴《ふたつどもえ》の紋だな。大星《おおぼし》だか由良之助《ゆらのすけ》だかで、鼻を衝《つ》く、欝陶《うっとう》しい巴の紋も、此処《ここ》へ来ると、木曽殿の寵愛《ちょうあい》を思出《おもいだ》させるから奥床しい。」

と帯を解きかけると、ちゃぶり――という――人が居て湯を使う気勢《けはい》がする。この時、洗面所の水の音がハタと留《や》んだ。

境はためらった。

が、いつでも構わぬ。……他《ひと》が済んで、湯のあいた時を知らせて貰いたいと言って置いたのである。誰《だれ》も入ってはいまい。とに角《かく》と、解きかけた帯を挟んで、ずッと寄って、その提灯の上から、扉《と》にひったりと頬《ほお》をつけて伺うと、袖《そで》のあたりに、すうーと暗くなる、蠟燭《ろうそく》が、またぽうと明《あか》くなる。影が痣《あざ》になって、巴が一つ片頬《かたほ》に映るように陰気に沁込《しみこ》む、と思うと、ばちゃり……内端《うちわ》に湯が動いた。何《なん》の隙間《すきま》からか、芬《ぷん》と梅の香《か》を、ぬくもりで溶かしたような白粉《おしろい》の香《か》がする。

「婦人《おんな》だ。」

何《なに》しろ、この明《あかり》では、男客にしろ、一所《いっしょ》に入ると、暗くて肩も手も跨《また》ぎかねまい。

乳に打着《ぶつか》りかねまい。で、ばたばたと草履《ぞうり》を突掛《つっか》けたまま引返《ひきかえ》した。

「もう、お上《あが》りになりまして？」と言う。

通《かよい》が遠い。ここで燗《かん》をするつもりで、お米《よね》がさきへ銚子《ちょうし》だけ持って来ていたのである。

「いや、あとにする。」

「まあ、そんなにお腹《なか》がすいたんですの。」

「腹《はら》もすいたが、誰《だれ》かお客が入っているから。」

「へい、……此方《こっち》の湯どのは、久しく使わなかったのですが、あの、そう言ってはお悪うございますけど、しばらくぶりで、お掃除かたがた旦那様に立てましたのでございますから、……あとで頂きますまでも、……あの、まだ誰方《どなた》も。」

「構やしない。私《わたし》はゆっくりで可《い》いんだが、婦人《ふじん》の客のようだったぜ。」

「へい。」

と、おかしなベソをかいた顔をすると、手に持つ銚子が湯沸《ゆわかし》にカチカチカチと震えたっけ、あとじさりに、ふいと立って、廊下に出た。一度ひっそり跫音《あしおと》を消すや否《いな》や、けたたましい音を、すたんと立てて、土間の板をはたはたと鳴《なら》して駈出《かけだ》した。

境はきょとんとして、

「何《なん》だい、あれは……」

やがて膳を持って顕《あらわ》れたのが……お米《よね》でない、年増のに替っていた。

「やあ、中二階《ちゅうにかい》のおかみさん。」

行商人と、炬燵《こたつ》で睦《むつま》じかったのはこれである。

「御亭主はどうしたい。」

「知りませんよ。」

「是非、承りたいんだがね。」

半ば串戯《じょうだん》に、ぐッと声を低くして、

「出るのかい……何《なに》か……あの、湯殿へ……真個《まったく》?」

「それがね、旦那、大笑いなんでございますよ。……誰方《どなた》も在《い》らっしゃらないと思って、申上げましたのに、御婦人の方《かた》が入っておいでだって、旦那がおっしゃったと言うので、米《よね》ちゃん、大変な臆病なんですから。……久しくつかいません湯殿ですから、内のお上《かみ》さんが、念のために、――」

「ああそうか、……私《わたし》はまた、一寸《ちょっと》出るのかと思ったよ。」

「大丈夫、湯どのへは出ませんけれど、そのかわりお座敷へはこんなのが、ね、貴方《あなた》。」

「いや、結構。」

お酌はこの方《ほう》が、けっく飲める。

夜《よ》は長い、雪はしんしんと降出《ふりだ》した。床《とこ》を取ってから、酒をもう一度、その勢《いきおい》でぐっすり寝よう。晩飯《ばん》は可《い》い加減で膳を下げた。

跫音《あしおと》が入乱《いれみだ》れる。ばたばたと廊下へ続くと、洗面所の方《ほう》へ落合ったらしい。ちょろちょろと水の音がまた響き出した。男の声も交《まじ》って聞える。それが止むと、お米が襖《ふすま》から円《まる》い顔を出して、

「どうぞ、お風呂《ふろ》へ。」

「大丈夫か。」

「ほほほほ。」

と些《ち》とてれたように笑うと、身を廊下へ引くのに、押続いて境は手拭《てぬぐい》を提げて出た。

橋がかりの下口《おりくち》に、昨夜《ゆうべ》帳場にいた坊主頭の番頭と、女中頭か、それとも女房かと思う老《ふ》けた婦《おんな》と、もう一人の女中とが、といった形に顔を並べて、一団《ひとかたまり》になって

此方《こなた》を見た。其処《そこ》へお米《よね》の姿が、足袋《たび》まで見えてちょこちょこと橋がかりを越えて渡ると、三人の懐へ飛込むように一団《ひとかたまり》。

「御苦労様。」

我《わ》がために、見とどけ役のこの人数《にんず》で、風呂を検《しら》べたのだと思うから声を掛けると、一度に揃《そろ》ってお時儀《じぎ》をして、屋根が萱《かや》ぶきの長土間に敷いた、そのあゆみ板を渡って行《ゆ》く。土間のなかばで、そのおじやのかたまりのような四人の形が暗くなったのは、トタンに、一つ二つ電燈《でんとう》がスッと息を引くように赤くなって、橋がかりのも洗面所のも一斉にパッと消えたのである。

と胸を吐《つ》くと、さらさらさらさらと三筋《みすじ》に……こう順に流れて、洗面所を打つ水の下に、先刻《さっき》の提灯が朦朧《もうろう》と、半ば暗く、巴《ともえ》を一つ照《てら》して、墨でかいた炎か、鯰《なまず》の跳ねたか、と思う形に点《とも》れていた。

いまにも電燈《でんとう》が点《つ》くだろう。湯殿口へ、これを持って入る気で、境がこごみ状《ざま》に手を掛けようとすると、提灯がフッと消えて見えなくなった。

消えたのではない。やっぱりこれが以前の如く、湯殿の戸口に点いていた。これはおのずから雫《しずく》して、下の板敷の濡《ぬ》れたのに、目の加減で、向うから影が映《さ》したものであろう。はじめから、提灯が此処《ここ》にあった次第《わけ》ではない。境は、斜《なゝめ》に影の宿った水中の月を手に取ろうとしたと同一《おなじ》である。

爪《つま》さぐりに、例の上《あが》り場《ば》へ……で、念のために戸口に寄ると、息が絶えそうに寂寞《ひっそり》しながら、ばちゃんと音がした。ぞッと寒い。湯気が天井から雫になって点滴《したた》るのではなしに、屋根の雪が溶けて落ちるような気勢《けはい》である。

ばちゃん、……ちゃぶりと微《かすか》に湯が動く。とまた得《え》ならず艶《えん》な、しかし冷《つめた》い、そして、におやかな、霧に白粉《おしろい》を包んだような、人膚《ひとはだ》の気がすッと肩に絡《まつわ》って、頸《うなじ》を撫《な》でた。

脱ぐ筈《はず》の衣紋《えもん》を且《か》つしめて、

「お米さんか。」

「いいえ。」

と一呼吸間《ひといきま》を置いて、湯どのの裡《なか》から聞えたのは、勿論《もちろん》我が心が我が耳に響いたのであろう。――お米でないのは言うまでもなかったのである。

洗面所の水の音がぴったり留《や》んだ。

思わず立竦《たちすく》んで四辺《あたり》を見た。思切《おもいき》って、

「入りますよ、御免。」

「いけません。」

と澄みつつ、湯気に濡れ濡れとした声が、はっきり聞えた。

「勝手にしろ!」

我を忘れて言った時は、もう座敷へ引返していた。

電燈《でんとう》は明るかった。巴の提灯はこの光に消された。が、水は三筋、更にさらさらと走っていた。

「馬鹿にしやがる。」

不気味より、凄いより、なぶられたような、反感が起《おこ》って、炬燵へ仰向けにひっくり返った。

しばらくして、境が、飛上《とびあが》るように起直《おきなお》ったのは、すぐ、窓の外に、ざぶり、ばちゃばちゃばちゃ、ばちゃ、ちゃッと、けたたましく池の水の掻攪《かきみだ》さるる音を聞いたからであった。

「何《なん》だろう。」

ばちゃばちゃばちゃ、ちゃッ。

其処《そこ》へ、ごそごそと池を廻《まわ》って響いて来た。人の来るのは、何故《なぜ》か料理番だろうと思ったのは、この池の魚《うお》を愛惜《あいせき》すると、聞いて知ったためである。……

「何《なん》だい、どうしたんです。」

雨戸を開《あ》けて、一面の雪の色のやや薄い処《ところ》に声を掛けた。その池も白いまで水は少《すくな》いのであった。

三

「どっちです、白鷺《しらさぎ》かね、五位鷺《ごいさぎ》かね。」

「ええ――どっちもでございますな。両方だろうと思うんでございますが。」

料理番の伊作は来て、窓下の戸際に、がッしり腕組をして、うしろ向《むき》に立って言った。

「むこうの山口の大林《おおばやし》から下りて来るんでございます。」

言《ことば》の中にも顕《あらわ》れる、雪の降留《ふりや》んだ、その雲の一方は漆の如《ごと》く森が黒い。

「不断の事ではありませんが、……この、旦那《だんな》、池の水の涸《か》れる処《ところ》を狙《ねら》うんでございます。鯉《こい》も鮒《ふな》も半分鰭《ひれ》を出して、あがきがつかないのでございますから。」

「怜悧《りこう》な奴《やつ》だね。」

「馬鹿な人間は困《こま》っ了《ちま》います――魚《うお》が可哀相《かわいそう》でございますので……そうかと言って、夜一夜《よっぴて》、立番をしてもおられません。旦那、お寒うございます。おしめなさいまし。……そちこち御註文《ごちゅうもん》の時刻でございますから、何《なに》か、不手際なものでも見繕《みつくろ》って差上げます。」

「都合がついたら、君が来て一杯、ゆっくりつき合ってくれないか。――私《わたし》は夜ふかしは平気だから。一所《いっしょ》に……此処《ここ》で飲んでいたら、いくらか案山子《かかし》になるだろう。……」

「――結構でございます。……もう台所は片附《かたづ》きました、追ッつけ伺います。――いたずらな餓鬼《がき》どもめ。」

と、あとを口こごとで、空を睨《にら》みながら、枝をざらざらと潜《くぐ》って行《ゆ》く。

境《さかい》は、しかし、あとの窓を閉めなかった。勿論《もちろん》、極《ご》く細目には引いたが。――実は、雪の池の爰《ここ》へ来て幾羽の鷺の、魚《うお》を狩る状《さま》を、さながら、炬燵《こたつ》で見るお伽話《とぎばなし》の絵のように思ったのである。驚破《すわ》と言えば、追立《おいた》つるとも、驚かすとも、その場合の事として……第一、気もそぞろな事は、二度まで湯殿の湯の音は、いずれの隙間《すきま》からか雪とともに、鷺が起《た》ち込んで浴《ゆあ》みしたろう、とそうさえ思ったほどであった。

そのまま熟《じっ》と覗《のぞ》いていると、薄黒く、ごそごそと雪を踏んで行《ゆ》く、伊作の袖《そで》の傍《わき》を、ふわりと巴《ともえ》の提灯《ちょうちん》が点《つ》いて行《ゆ》く。おお今、窓下《まどした》では提灯を持ってはいなかったようだ。——それに、もうやがて、庭を横ぎって、濡縁《ぬれえん》か、戸口に入りそうだ、と思うまで距《へだた》った。遠いまで小さく見える、唯少時《としばらく》して、ふとあとへ戻るような、やや大きくなって、あの土間廊下の外の、萱屋根《かややね》のつま下をすれずれに、段々此方《こなた》へ引返す、引返すのが、気の所為《せい》だか、いつの間にか、中へ入って、土間の暗がりを点《とも》れて来る。……橋がかり、一方が洗面所、突当《つきあた》りが湯殿……ハテナとぎょッとするまで気がついたのは、その点れて来る提灯を、座敷へ振返らずに、逆に窓から庭の方《ほう》に乗出しつつ見ている事であった。

トタンに消えた。——頭からゾッとして、首筋を硬《こわ》く振向くと、座敷に、白鷺かと思う女の後姿《うしろすがた》の頸脚《えりあし》がスッと白い。

違棚《ちがいだな》の傍《わき》に、十畳のその辰巳《たつみ》に据えた、姿見に向った、うしろ姿である。……湯気に山茶花《さざんか》の悄《しお》れたかと思う、濡れたように、しっとりと身についた藍鼠《あいねずみ》の縞小紋《しまこもん》に、朱鷺色《ときいろ》と白のいち松のくっきりした伊達巻《だてまき》で乳の下の縊《くび》れるばかり、消えそうな弱腰に、裾模様《すそもよう》が軽《かろ》く靡《なび》いて、片膝《かたひざ》をやや浮かした、褄《つま》を友染《ゆうぜん》が微《ほんの》り溢《こぼ》れる。露の垂《た》りそうな円髷《まるまげ》に、桔梗色《ききょういろ》の手絡《てがら》が青白い。浅葱《あさぎ》の長襦袢《ながじゅばん》の裏が媚《なまめ》かしく搦《から》んだ白い手で、刷毛《はけ》を優しく使いながら、姿見を少しこごみなりに覗くようにして、化粧をしていた。

境は起《た》つも坐《い》るも知らず息を詰めたのである。

あわれ、着た衣《きぬ》は雪の下なる薄もみじで、膚《はだ》の雪が、却《かえ》って薄もみじを包んだかと思う、深く脱いだ襟脚《えりあし》を、すらりと引いて搔合《かきあわ》すと、ぼっとりとして膝近《ひざぢか》だった懐紙《かみ》を取って、くるくると丸げて、掌《てのひら》を拭《ふ》いて落したのが、畳へ白粉《おしろい》のこぼれるようであった。

衣摺《きぬず》れが、さらりとした時、湯どのできいた人膚《ひとはだ》に紛《まご》う留南奇《とめき》が薫《かお》って、少し斜めに居返《いがえ》ると、煙草《たばこ》を含んだ。吸口《すいくち》が白く、艶々《つやつや》と煙管《きせる》が黒い。

トーンと、灰吹《はいふき》の音が響いた。

きっと向いて、境を見た瓜核顔《うりざねがお》は、目《ま》ぶちがふっくりと、鼻筋通って、色の白さは凄《すご》いよう。——気の籠《こも》った優《やさし》い眉《まゆ》の両方を、懐紙《かみ》でひたと隠して、大《おおき》な瞳で熟《じっ》と視《み》て、

「……似合いますか。」

と、莞爾《にっこり》した歯が黒い。唯《と》、莞爾しながら、褄《つま》を合《あわ》せ状《ざま》にすっくりと立った。顔が鴨居《かもい》に、すらすらと丈が伸びた。

境は胸が飛んで、腰が浮いて、肩が宙へ上《あが》った。ふわりと、その婦《おんな》の袖で抱上げられたと思ったのは、そうでない、横に口に引銜《ひきくわ》えられて、畳を空《くう》に釣上げられたのである。

山が真黒《まっくろ》になった。いや、庭が白いと、目に遮《さえぎ》った時は、スッと窓を出たので、手足はいつか、尾鰭《おひれ》になり、我はぴちぴちと跳ねて、婦《おんな》の姿は廂《ひさし》を横に、ふわふわと欄《らん》間《ま》の天人《てんにん》のように見えた。

白い森も、白い家も、目の下に、忽《たちま》ち颯《さっ》と……空高く、松本城の天守をすれすれに飛んだように思うと、水の音がして、もんどり打って池の中へ落ちると、同時に炬燵でハッと我に返った。

池におびただしい羽音が聞えた。

この案山子《かかし》になど追えるものか。

バスケットの、蔦《つた》の血を見るにつけても、青い呼吸《いき》をついてぐったりした。

廊下へ、しとしとと人の音がする。ハッと息を引いて立つと、料理番が膳《ぜん》に銚子《ちょうし》を添えて来た。

「やあ、伊作さん。」

「おお、旦那《だんな》。」

四

「昨年の丁ど今頃でございました。」

料理番はひしと、身を寄せ、肩をしめて話し出した。

「今年は今朝から雪になりましたが、そのみぎりは、忘れもしません、前日雪が降りました。積《つも》り方は、もっと多かったのでございます。——二時頃に、目の覚めますような御婦人客が、唯《ただ》お一方《ひとかた》で、おいでになったのでございます。——目の覚めるようだと申しましても派手ではありません。婀娜《あだ》な中に、何《なん》となく寂《さび》しさのございます、二十六、七のお年ごろで、高等な円髷《まるまげ》でおいでででございました。——御容子《ごようす》のいい、背のすらりとした、見立ての申分《もうしぶん》のない、しかし奥様と申すには、何処《どこ》か媚《なま》めかしさが過ぎております。其処《そこ》は、田舎ものでも、大勢お客様をお見かけ申しておりますから、直《じ》きにくろうと衆《しゅ》だと存じましたのでございまして、これが柳橋の蓑吉《みのきち》さんと言う姐《ねえ》さんだった事が、後《のち》に分りました。宿帳の方《ほう》はお艶様《つやさま》でございます。

その御婦人を、旦那――帳場で、このお座敷へ御案内申したのでございます。風呂《ふろ》がお好きで……勿論《もちろん》、お嫌《いや》な方《かた》も沢山《たんと》ございますまいが、あの湯へ二度、お着きになって、すぐと、それに夜分に一度、お入りなすったのでございます――都合で、新館の建出《たてだ》しは見合せておりますが、温泉ごのみに石で畳みました風呂は、自慢でございまして、旧《きゅう》の二階三階《にかいさんがい》のお客様にも、些《ち》と遠うございますけれども、お入りを願っておりました処《ところ》が――実はその、時々、不思議な事がありますので、このお座敷も同様に多日《しばらく》使わずに置きましたのを、旦那のような方《かた》に試みて頂けば、おのずと変な事もなくなりましょうと、相談をいたしまして、申すもいかがでございますが、今日《こんにち》久しぶりで、湧《わ》かしも使いもいたしましたような次第《わけ》なのでございます。

処で、お艶様、その御婦人でございますが、日《ひ》の中《うち》一風呂お浴びになりますと、(鎮守様のお宮は、)と聞いて、お参詣《まいり》なさいました。贄川《にえがわ》街道よりの丘の上にございます。――山王様《さんおうさま》のお社《やしろ》で、むかし人身御供《ひとみごくう》があがったなどと申伝《もうしつた》えてございます。森々《しんしん》と、もの寂しいお社で。……村社《そんしゃ》はほかにもございますが、鎮守と言う、お尋ねにつけて、その儀を帳場で申しますと……道を尋ねて、其処《そこ》でお一人でおのぼりなさいました。目を少々お煩《わずら》いのようで、雪がきらきらして疼《いた》むからと言って、こんな土地でございます、ほんの出来あいの黒い目金《めがね》を買わせて、掛けて、洋傘《こうもり》を杖《つえ》のようにしてお出掛けで。――これは鎮守様へ参詣《さんけい》は、奈良井宿一統への礼儀挨拶《あいさつ》と言うお心だったようでございます。

無事に、先《ま》ずお帰りなすって、夕飯の時、お膳《ぜん》で一口あがりました。――旦那の前でございますが、板前へと、御丁寧にお心づけを下すったものでございますから私《てまい》……一寸《ちょいと》御挨拶に出ました時、こう言うおたずねでございます――お社へお供物にきざ柿《がき》と楊枝《ようじ》とを買いました、……石段下の其処の小店のお媼《ばあ》さんの話ですが、山王様の奥が深い森で、その奥に桔梗《ききょう》ケ原《はら》と言う、原の中に、桔梗の池と言うのがあって、その池に、お一方《ひとり》、お美しい奥様が在《い》らっしゃると言うことですが、真個《ほんとう》ですか。――

――真個《まったく》でございます、と皆《みな》まで承わらないで、私《てまい》が申したのでございます。

論より証拠、申して、よいか、悪いか存じませんが、現に私《てまい》が一度見ましたのでございます。」

「……………」

「桔梗ケ原とは申しますが、それは、秋草は綺麗《きれい》に咲きます、けれども、桔梗ばかりと言うのではございません。唯《ただ》その大池の水が真桔梗《まっききょう》の青い色でございます。桔梗は却《かえ》って、白い花のが見事に咲きますのでございまして。……

四年あとになりますが、正午《まひる》と言うのに、この峠向うの藪原宿《やぶはらじゅく》から火が出ました。正午《しょううま》の刻の火事は大きくなると、何国《いずこ》でも申しますが、全く大焼《おおやけ》でございました。

山王様の丘へ上《あが》りますと、一目に見えます。火の手は、七条《ななすじ》にも上《あが》りまして、ぱちぱちぱんぱんと燃《もえ》る音が手に取るように聞えます。……あれは山間《やまあい》の滝か、いや、ぽんぷの水の走るのだと申すくらい。この大南風《おおみなみ》の勢《いきおい》では、山火事になって、やがて、ここもとまで押寄せはしまいかと案じますほどの激しさで、駈《か》けつけるものは駈けつけます、騒ぐものは騒ぐ。私なぞは見物の方《ほう》で、お社前は、おなじ夥間《なかま》で充満《いっぱい》でございました。

二百十日《にひゃくとおか》の荒れ前で、残暑の激しい時でございましたから、ついつい少しずつお社の森の中へ火を見ながら入りましたにつけて、不断は、しっかり行《ゆ》くまじきとしてある処ではございますが、この火の陽気で、人の気の湧いている場所から、深いと言っても半町とはない。大丈夫と。処で、私陰気《てまい》もので、余り若衆《わかしゅ》づきあいがございませんから、誰《だれ》を誘うでもあるまいと、杉檜《すぎひのき》の森々《しんしん》としました中を、それも、思ったほど奥が深くもございませんで、一面の草花。……白い桔梗でへりを取った百畳敷ばかりの真青《まっさお》な池が、と見ますと、その汀《みぎわ》、ものの二……三……十間《じっけん》とはない処に……お一人、何《なん》ともおうつくしい御婦人が、鏡台を置いて、斜《ななめ》に向って、お化粧をなさって在《い》らっしゃいました。

お髪《ぐし》がどうやら、お召ものが何《なに》やら、一目見ました、その時の凄さ、可恐《おそろし》さと言ってはございません。唯今《ただいま》思出しましても御酒《ごしゅ》が氷になって胸へ沁《し》みます。慄然《ぞっと》します。……それでいてそのお美しさが忘れられません。勿体《もったい》ないようでございますけれども、家《いえ》のないもののお仏壇に、うつしたお姿と存じまして、一日でも、この池の水を視《なが》めまして、その面影を思わずにはおられませんのでございます。——さあ、その時は、前後も存ぜず、翼《はね》の折れた鳥が、ただ空から落ちるような思《おもい》で、森を飛抜《とびぬ》けて、一目散に、高い石段を駈下《かけお》りました。私《てまい》がその顔の色と、怯《おび》えた様子とてはなかったそうでございましてな。……お社前の火事見物が、一雪崩《ひとなだれ》になって遁下《にげお》りました。森の奥から火を消すばかり冷《つめた》い風で、大蛇《だいじゃ》が颯《さっ》と追ったようで、遁げた私《てまい》は、野兎《のうさぎ》の飛んで落ちるように見えたと言う事でございまして。

とこの趣《おもむき》を――お艶様《つやさま》、その御婦人に申しますと、――そうしたお方を、どうして、女神様《おんながみさま》とも、お姫様とも言わないで、奥さまと言うんでしょう。さ、それでございます。私は唯目《ただ》が暗《くら》んで了《しま》いましたが、前々《ぜんぜん》より、ふとお見上げ申したものの言うのでは、桔梗の池のお姿は、眉をおとして在《い》らっしゃりまするそうで……」

境《さかい》はゾッとしながら、却って炬燵《こたつ》を傍《わき》へ払った。

「誰方《どなた》の奥方とも存ぜずに、いつとなくそう申すのでございまして……旦那。――お艶様に申しますと、じっとお聞きなすって――だと、その奥さまのお姿は、ほかにも見た方《かた》がありますか、とおっしゃいます――ええ、月の山の端《は》、花の麓路《ふもとじ》、蛍《ほたる》の影、時雨《しぐれ》の提灯、雪の川べりなど、随分村方《むらかた》でも、ちらりと拝んだものはございます。――お艶様はこれをきいて、猪口《ちょく》を下に置いて、なぜか、悄乎《しょんぼり》とおうつむきなさいました。――

――処で旦那……その御婦人が、わざわざ木曽のこの山家《やまが》へ一人旅をなされた、用事がでございまする。」

五

「ええ、その時、この、村方《むらかた》で、不思議千万な、色出入《いろでいり》、——変な姦通《まおとこ》事件がございました。

村入《むらいり》の雁股《かりまた》と申す処《ところ》に(代官婆《だいかんばば》)と言う、庄屋のお婆《ばあ》さんと言えば、まだしおらしく聞えますが、代官婆。……渾名《あだな》で分りますくらい可恐《おそろ》しく権柄な、家の系図を鼻に掛けて、俺《おら》が家はむかし代官だぞよ、と二言《ふたこと》めには、たつみ上《あが》りになりますので。その了簡《りょうけん》でございますから、中年から後家になりながら、手一つで、先《ま》ず……伜《せがれ》どのを立派に育てて、これを東京で学士先生にまで仕立てました。……其処《そこ》で一頃《ひところ》は東京住《ずま》居《い》をしておりましたが、何《なん》でも一旦微禄《いったんびろく》した家を、故郷《ふるさと》に打開《ぶっぱだ》けて、村中《むらじゅう》の面《つら》を見返すと申して、估券潰《こけんつぶれ》の古家《ふるいえ》を買いまして、両三年前《ぜん》から、その伜の学士先生の嫁御、近頃で申す若夫人と、二人で引籠《ひきこも》っておりますが。……菜大根《なだいこん》、茄子《なすび》などは料理に醬油《したじ》が費《ついえ》、だと言う倹約で、葱《ねぶか》、韮《にら》、大蒜《にんにく》、辣薤《らっきょう》と申す五薀《ごうん》の類《たぐい》を、空地中《あきちじゅう》に植込んで、塩で弁ずるのでございまして。……もう遠くから芬《ぷん》と、その家が臭《にお》います。大蒜屋敷の代官婆。……

処が若夫人、嫁御と言うのが、福島の商家《しょうか》の娘さんで学校をでた方《かた》だが、当世に似合わないおとなしい優しい、些《ち》と内輪過ぎますぐらい。尤《もっと》もこれでなくっては代官婆と二人住居《ふたりずまい》は出来ません。……大蒜ばなれのした方《かた》で、鋤《すき》にも、鍬《くわ》にも、連尺《れんじゃく》にも、婆《ばば》どのに追使《おいつか》われて、いたわしいほどよく辛抱なさいます。

霜月《しもつき》の半ば過ぎに、不意に東京から大蒜屋敷へお客人がございました。学士先生のお友だちで、この方《かた》は何処《どこ》へも勤めてはいなさらない、尤も画師《えかき》だそうでございますから、極《きま》った勤《つとめ》とてはございますまい。学士先生の方《ほう》は、東京の一中《ある》学校で歴乎《れっき》とした校長さんでございますが。――

で、その画師《えかき》さんが、不意に、大蒜屋敷に飛込《とびこ》んで参ったのは、碌《ろく》に旅費も持たずに、東京から遁出《にげだ》して来たのだそうで。……と申しますのは――早い話が、細君がありながら、よそに深い馴染《なじみ》が出来ました。……それがために、首尾も義理も世の中は、さんざんで、思い余って細君が意見をなすったのを、何を！　と言って、一つ横頰《よこぞっぽ》を撲《くら》わしたはいいが、御先祖、お両親《ふたおや》の位牌《いはい》にも、くらわされて然《しか》るべきは自分の方《ほう》で、仏壇のある我家には居たたまらないために、その場から門《かど》を駈出《かけだ》したは出たとして、知合《ちかづき》にも友だちにも、女房に意見をされるほどの始末で見れば、行処《ゆきどころ》がなかったので、一夜《ひとよ》しのぎに、この木曽谷まで遁込《にげこ》んだのだそうでございます、遁げましたなあ。……それに、その細君と言うのが、はじめ画師《えかき》さんには恋人で、晴れて夫婦になるのには、この学士先生が大層なお骨折《ほねおり》で、そのお庇《かげ》で思《おもい》が叶《かな》ったと申したようなわけだそうで。……遁込み場所には屈竟《くっきょう》なのでございました。

時に、弱りものの画師《えかき》さんの、その深い馴染と言うのが、もし、何《なん》と……お艶様《つやさま》――手前どもへ一人でお泊りになったその御婦人なんでございます。……一寸《ちょいと》申上げて置きますが、これは画師《えかき》さんのあとをたずねて、雪を分けておいでになったのではございません。その間《あいだ》が雑《ざっ》と半月ばかりございました。その間《あいだ》に、唯今《ただいま》申しました、姦通《まおとこ》騒ぎが起ったのでございます。」

と料理番は一息《ひといき》した。

「其処《そこ》で……また代官婆に変な癖がございましてな。癖より病《やまい》で――或《あ》るもの知《し》りの方《かた》に承りましたのでは、訴訟狂《そしょうきょう》とか申すんだそうで、葱《ねぶか》が枯れたと言っては村役場だ、小児《こども》が睨《にら》んだと言えば交番だ。……派出所だ裁判だと、何《なん》でも上沙汰《かみざた》にさえ持出せば、我に理があると、それ貴客《あなた》、代官婆だけに思込《おもいこ》んでおりますのでございます。その、大蒜屋敷の雁股へ掛《かか》ります、この街道、棒鼻《ぼうばな》の辻《つじ》に、巌穴《いわあな》のような窪地《くぼち》に引《ひっ》込《こ》んで、石松と言う猟師が、小児沢山《がきだくさん》で籠《こも》っております。四十親仁《おやじ》で、これの小僧の時は、まだ微禄《びろく》をしません以前の……その婆《ばば》の許《とこ》に下男奉公、女房《かかあ》も女中奉公をしたものだそうで。……婆が強う家来扱いにするのでございますが、石松猟師も、堅い親仁で、甚《はなは》だしく御主人に奉っておりますので。……

宵《よい》の雨が雪になりまして、その年の初雪が思いのほか、夜半《よなか》を掛けて積《つも》りました。山の、猪《しし》、兎《うさぎ》が慌てます。猟はこういう時だと、夜更《よふけ》に、のそのそと起きて、鉄砲しらべをして、炉端で茶漬を掻食《かっくら》って、手製《てづくり》の猿の皮の毛頭巾《けずきん》を被《かぶ》った。筵《むしろ》の戸口へ、白髪《しらが》を振乱《ふりみだ》して、蕎麦切色《そばきりいろ》の褌《ふんどし》……可厭《いや》な奴《やつ》で、とき色の禿《は》げたのを不断まきます、尻端折《しりばしょ》りで、六十九歳の代官婆が、跣足《はだし》で雪の中に突立《つった》ちました。(内へ怪《ばけ》ものが出た、来てくれせえ。)と顔色《がんしょく》、手振で喘《あえ》いで言うので。……こんな時鉄砲は強うございますよ、ガチリ、実弾《たま》をこめました。……旧主人の後室様《こうしつさま》がお跣足でございますから、石松も素跣足《すはだし》。街道を突切って蒜《にら》、辣薤《らっきょう》、葱畑《ねぶかばたけ》を、さっさっと、化《ばけ》ものを見届けるのじゃ、静《しず》にと言う事で、婆《ばば》が出て来ました納戸口から入って、中土間へ忍んで、指《ゆび》されるなりに、板戸の節穴から覗《のぞ》きますとな、――何《なん》と、六枚折《ろくまいおり》の屏風《びょうぶ》の裡《なか》に、枕を並べて、と申すのが、寝てはいなかったそうでございます。若夫人が緋《ひ》の長襦袢《ながじゅばん》で、掻巻《かいまき》の襟《えり》の肩から辷《すべ》った半身《はんしん》で、画師《えかき》の膝《ひざ》に白い手をかけて俯向《うつむけ》になりました。背中を男が、撫《な》でさすっていたのだそうで。いつもは、もんぺを穿《は》いて、木綿のちゃんちゃんこでいる嫁御が、その姿で、然《しか》もそのありさまでございます。石松は化《ばけ》もの以上に驚いたに相違ございません。（おのれ、不義もの……人畜生《にんちくしょう》。）と代官婆《だいかんばば》が土蜘蛛《つちぐも》のようにのさばり込んで、（やい、……動くな、その状《ざま》を一寸《いっすん》でも動いて崩すと――鉄砲《あれ》だぞよ、弾丸《あれ》だぞよ。）と言う。にじり上《あが》りの屏風の端《はし》から、鉄砲の銃口《すぐち》をヌッと突出して、毛の生えた蟇《ひきがえる》のような石松が、目を光らして狙《ねら》っております。

人相と言い、場合と申し、ズドンと遣《や》りかねない勢《いきおい》でございますから、画師《えかき》さんは面喰《めんくら》ったに相違ございますまい。（天罰は立処《たちどころ》じゃ、足四本、手四つ、顔《つら》二つのさらしものにして遣《や》るべ。）で、代官婆は、近所の村方《むらかた》四軒と言うもの、その足でたたき起して廻《まわ》って、石松が鉄砲を向けたままの、そのあり状《さま》をさらしました。――夜《よ》のあけ方には、派出所の巡査《おまわり》、檀那寺《だんなでら》の和尚《おしょう》まで立会わせると言う狂い方でございまして。学士先生の若夫人と色男の画師《えかき》さんは、こうなると、緋鹿子《ひがのこ》の扱帯《しごき》も藁《わら》すべで、彩色《さいしき》をした海鼠《なまこ》のように、雪にしらけて、ぐったりとなったのでございます。

男はとにかく、嫁は真個《ほんとう》に、うしろ手《で》に縛《くく》りあげると、細引《ほそびき》を持出すのを、巡査《おまわり》が叱《しか》りましたが、叱られると尚《な》お叱《たけ》り立って、忽《たちま》ち、裁判所、村役場、派出所も村会も一所《いっしょ》にして、姦通《かんつう》の告訴をすると、のぼせ上《あが》るので、何処《どこ》へも遣らぬ監禁同様と言う趣で、一先《ひとま》ず檀那寺まで引上げる事になりましたが、活証拠《いきじょうこ》だと言張《いいは》って、嫁に衣服《きもの》を着せることを肯《き》きませんので、巡査《おまわり》さんが、雪のかかった外套《がいとう》を掛けまして、何《なん》と、しかし、ぞろぞろと村の女小児《おんなこども》まであとへついて、寺へ参ったのでございますが。」

境《さかい》はききつつ、ただ幾度《いくたび》も歎息《たんそく》した。

「――遁《に》がしたのでございましょうな。画師《えかき》さんはその夜《よ》のうちに、寺から影をかくしました。これはそうあるべきでございます。――さて、聞きますれば、――倅《せがれ》の親友、兄弟同様の客じゃから、嫁女《よめじょ》や、倅同様に心得る。……半年あまりも留守を守ってさみしく一人でいる事ゆえ、嫁女や、そなたも、倅と思うて、つもる話もせいよ、と申して、身じまいをさせて、衣《き》ものまで着かえさせ、寝る時は、にこにこ笑いながら、床《とこ》を並べさせたのだと申すことで。……嫁御は成程《なるほど》、わけしりの弟分の膝に縋《すが》って泣きたい事もありましたろうし、芸妓《げいしゃ》でしくじるほどの画師《えかき》さんでございます、背中を擦《さす》るぐらいはしかねますまい、……でございますな。

代官婆の憤り方を御察《おさっ》しなさりとう存じます。学士先生は電報で呼ばれました。何《なん》と宥《なだ》めても承知をしません。是非とも姦通の訴訟を起せ。いや、恥も外聞もない、代官と言えば帯刀じゃ。武士たるものは、不義ものを成敗するは却《かえ》って名誉じゃ、とこうまで間違っては事面倒で。断《た》って、裁判沙汰《さいばんざた》にしないとなら、生きておらぬ。咽喉《のど》笛鉄砲《ぶえてっぽう》じゃ、鎌腹《かまばら》じゃ、奈良井川の淵《ふち》を知らぬか。……桔梗《ききょう》ケ池《いけ》へ身を沈める……こ、こ、この婆《ばばあ》め、沙汰の限りな、桔梗ケ池へ沈めますものか、身投《みなげ》をしようとしたら、池が投出しましょう。」

と言って、料理番は苦笑した。

「また、今時に珍しい、学校でも、倫理、道徳、修身の方《ほう》を御研究もなされば、お教えもなさいます、学士は至っての御孝心。予《かね》て評判な方《かた》で、嫁御をいたわる傍《はた》の目には、些《ち》と弱過ぎると思うほどなのでございますから、困《こう》じ果てて、何《なん》とも申しわけも面目《めんぼく》もなけれども、とに角《かく》一度、この土地へ来て貰《もら》いたい。万事はその上で。と言う——学士先生から画師《えかき》さんへのお頼みでございます。

さて、これは決闘状《はたしじょう》より可恐《おそろし》い。……勿論《もちろん》、村でも不義ものの面《つら》へ、唾《つば》と石とを、人間の道のためとか申して騒ぐ方《かた》が多い真中《まんなか》でございますから。……どの面《つら》さげて画師《えかき》さんが奈良井へ二度面《つら》がさらされましょう、旦那《だんな》。」

「これは何《なん》と言われても来られまいなあ。」

「と言って、学士先生との義理合《ぎりあい》では来ないわけにはまいりますまい。処で、その画師《えかき》さんは、その時、何処《どこ》にいたと思召《おぼしめ》します。……いろの事から、怪《け》しからん、横頬《よこ》を撲《は》ったと言う細君の、袖《そで》のかげに、申しわけのない親御たちのお位牌から頭をかくして、尻《しり》も足もわなわなと震えていましたので、弱った方《かた》でございます。……必ず、連れて参ります——と代官婆に、誓って約束をなさいまして、学士先生は東京へ立たれました。

その上京中。その間《あいだ》の事なのでございます、——柳橋の蓑吉姉《みのきちねえ》さん……お艶様《つやさま》が……ここへお泊りになりましたのは。……」

六

「——どんな用事の御都合にいたせ、夜中《やちゅう》、近所が静《しず》まりましてから、お艶様が、おたずねになろうと言うのが、代官婆の処《ところ》と承っては、一人ではお出し申されません。ただ道だけ聞けば、との事でございましたけれども、おともが直接《じか》について悪ければ、垣根、裏口にでもひそみまして、内々《ないない》守って進じようで……帳場が相談をしまして、その人選に当りましたのが、この、不つつかな私《てまい》なんでございました。……お支度がよろしくばと、私《てまい》、これへ……このお座敷へ提灯《ちょうちん》を持って伺いますと……」

「ああ、二《ふた》つ巴《どもえ》の紋のだね。」と、つい誘われるように境《さかい》が言った。

「へい。」

と暗く、含むような、頤《おとがい》で返事を吸って、

「よく御存じで。」

「二度まで、湯殿に点《つ》いていて、知っていますよ。」

「へい、湯殿に……湯殿に提灯を点けますような事はございませんが、――それとも、へーい。」

この様子では、今しがた庭を行《ゆ》く時、この料理番とともに提灯が通ったなどとは言《い》い出《だ》せまい。

境は話を促した。

「それから。」

「些《ち》と変な気がいたしますが。――ええ、ざっとお支度済で、二度めの湯上りに薄化粧をなすった、めしものの藍鼠《あいねずみ》がお顔の影に藤色になって見えますまで、お色の白さったらありません、姿見の前で……」

境が思わず振返った事は言うまでもない。

「金《きん》の吸口《くち》で、烏金《しゃくどう》で張った煙管《きせる》で、一寸《ちょっと》歯を染めなさったように見えます。懐紙《かいし》をな、眉《まゆ》にあてて私《てまい》を、おも長に御覧なすって、

――似合いますか。――」

「むむ、む。」と言う境の声は、氷を頬張《ほおば》ったように咽喉《のど》に支《つか》えた。

「畳のへりが、桔梗《ききょう》で白いように見えました。

（ええ、勿体《もったい》ないほどお似合《にあい》で。）と言うのを聞いて、懐紙《かいし》をおのけになると、眉のあとがいま剃立《そりた》ての真青《まっさお》で。……（桔梗ケ池の奥様とは？）――（お姉妹《きょうだい》……いや一倍お綺麗《きれい》で。）と罰《ばち》もあたれ、そう申さずにはおられなかったのでございます。

ここをお聞きなさいまし。」……

（お艶さん、どうしましょう。）

「雪がちらちら雨まじりで降る中を、破れた蛇目傘《じゃのめ》で、見すぼらしい半纏《はんてん》で、意気

にやつれた画師《えかき》さんの細君が、男を寝取った情婦《おんな》とも言わず、お艶様――本妻が、その体《てい》では、情婦《いろ》だって工面は悪うございます。目を煩《わず》らって、しばらく親許《おやもと》へ、納屋同然な二階借りで引籠《ひきこも》って、内職に、娘子供に長唄《ながうた》なんか、さらって暮していなさる処へ、思余《おもいあま》って、細君が訪ねたのでございます。」

（お艶さん、私《わたし》はそう存じます。私《わたし》が、貴女《あなた》ほどお美しければ、「こんな女房がついています。何《なん》の夫《やど》が、木曽街道の女なんぞに。」と姦通呼《まおとこよば》わりをするその婆《ばばあ》に、そう言って遣《や》るのが一番早分《はやわか》りがすると思います。）（ええ、何《なに》よりですともさ。それよりか、尚《な》お其上《そのうえ》に、「お妾《めかけ》でさえこのくらいだ。」と言って私《わたし》を見せて遣ります方《ほう》が、上に尚お奥さんと言う、奥行《おくゆき》があって可《よ》うございます。――「奥さんのほかに、私《わたし》ほどのいろがついています。田舎で意地ぎたなをするもんですか。」婆《ばばあ》にそう言ってやりましょうよ。そのお嫁さんのためにも。）――

「――あとで、お艶様の、したためもの、かきおきなどに、この様子が見える事に、何《なん》ともどうも、つい立至《たちいた》ったのでございまして。……これでございますから、何《なん》の木曽の山猿なんか。しかし、念のために土地の女の風俗を見ようと、山王様御参詣《さんおうさまごさんけい》は、その下心だったかとも存じられます。……処を、桔梗ケ池の、凄《すご》い、美しいお方の事をおききなすって、これが時々人目にも触れるというので、自然、代官婆《だいかんばば》の目にもとまっていて、自分の容色《きりょう》の見劣りがする段《ひ》には、美しさで勝つことは出来ない、という覚悟だったと思われます。——尤《もっと》も西洋剃刀《かみそり》をお持ちだったほどで。——それで不可《いけ》なければ、世の中に煩《うるさ》い婆《ばばあ》、人だすけに切《き》っ了《ちま》う——それも、かきおきにございました。

雪道を雁股《かりまた》まで、棒端《ぼうばな》をさして、奈良井川の枝流れの、青白いつつみを参りました。氷のような月が皎々《こうこう》と冴《さ》えながら、山気《さんき》が霧に凝って包みます。巌石《がんせき》、がらがらの細《ほそ》谿川《たにがわ》が、寒さに水涸《みずが》れして、さらさらさらさら、……ああ、丁ど、あの音、……洗面所の、あの音でございます。」

「一寸《ちょっと》、あの水口《みずぐち》を留《と》めて来ないか、身体《からだ》の筋々《すじすじ》へ沁渡《しみわた》るようだ。」

「御同然でございまして……ええ、しかし、どうも。」

「一人じゃ不可《いけな》いかね。」

「貴方様《あなたさま》は？」

「いや、何《なに》、どうしたんだい、それから。」

「岩と岩に、土橋《どばし》が架《かか》りまして、向うに槐《えんじゅ》の大きいのが枯れて立ちます。それが危かしく、水で揺れるように月影に見えました時、ジイと、私《てまい》の持ちました提灯の蠟燭《ろうそく》が煮えまして、ぼんやり灯《ひ》を引きます。（暗くなると、巴が一つになって、人魂《ひとだま》の黒いのが歩行《ある》くようね。）お艶様の言葉に——私《てまい》、はッとして覗《のぞ》きますと、不注意にも、何《なん》にも、お綺麗さに、そわつきましたか、ともしかけが乏しくなって、かえの蠟燭が入れてございません。——おつき申してはおります、月夜だし、足許《あしもと》に差支《さしつか》えはございませんようなものの、当館の紋の提灯は、一寸《ちょっと》土地では幅が利きます。あなたのおためにと思いまして、道はまだ半町足らず、つい一走《ひとっぱし》りで、駈戻《かけもど》りました。これが間違でございました。」

声も、言《ことば》も、しばらく途絶えた。

「裏土塀《うらどべい》から台所口へ、……まだ入りませんさきに、ドーンと天狗星《てんぐぼし》の落ちたような音がしました。ドーンと谺《こだま》を返しました。鉄砲でございます。」

「…………」

「吃驚《びっくり》して土手へ出ますと、川べりに、薄い銀のようでございましたお姿が見えません。提灯も何《なに》も押放《おっぽり》出して、自分でわッと言って駈《か》けつけますと、居処《いどころ》が少しずれて、バッタリと土手腹《どてっぱら》の雪を枕に、帯腰《おびごし》が谿川《たにがわ》の石に倒れておいででした。(寒いわ。)と現《うつつ》のように、(ああ、冷《つめた》い。)とおっしゃると、その唇から糸のように、三条《みすじ》に分れた血が垂れました。

——何《なん》とも、かとも、おいたわしい事に——裾《すそ》をつつもうといたします、乱れ褄《づま》の友染《ゆうぜん》が、色をそのままに岩に凍りついて、霜の秋草に触《さわ》るようだったのでございます。——人も立会い、抱起《だきおこ》し申す縮緬《ちりめん》が、氷でバリバリと音がしまして、古襖《ふるぶすま》から錦絵《にしきえ》を剝《は》がすようで、この方《ほう》が、お身体《からだ》を裂く思《おもい》がしました。胸に溜《たま》った血は暖く流れましたのに。——

撃ちましたのは石松で。……親仁《おやじ》が、生計《くらし》の苦しさから、今夜こそは、どうでも獲《え》ものをと、しとぎ餅《もち》で山の神を祈って出ました。玉味噌《たまみそ》を塗《なす》って、串《くし》にさして焼いて持ちます、その握飯《にぎりめし》には、魔が寄ると申します。がりがり橋《ばし》と言う、その土橋《どばし》にかかりますと、お艶様の方《ほう》では人が来るのを、よけようと、水が少《すく》いから、つい川の岩に片足おかけなすった。桔梗ケ池の怪しい奥様が、水の上を横に伝うと見て、パッと臥打《ふしうち》に狙《ねらい》をつけた。俺《おれ》は魔を退治《たいじ》たのだ、村方《むらかた》のために。と言って、いまもって狂っております。——

旦那《だんな》、旦那、旦那、提灯が、あれへ、あ、あの、湯どのの橋から、……あ、あ、ああ、旦那、向うから、私《てまい》が来ます、私《てまい》とおなじ男が参ります。や、並んで、お艶様が。」

境も歯の根をくいしめて、

「確乎《しっかり》しろ、可恐《おそろし》くはない、可恐《おそろし》くはない。……怨《うら》まれるわけはない。」

電燈《でんとう》の球《たま》が巴になって、黒くふわりと浮くと、炬燵《こたつ》の上に提灯がぼうと掛《かか》った。

「似合いますか。」

座敷は一面の水に見えて、雪の気《け》はいが、白い桔梗の汀《みぎわ》に咲いたように畳に乱れ敷いた。

解説

吉田精一

「高野聖《こうやひじり》」は泉鏡花の代表作で、その最高の作品の一つである。明治三十三年二月「新小説」に発表。作者は数え年二十八歳だった。

この作品に素朴な意味での素材を提供し、空想を刺激するもとになったのは友人の体験談である。「麻を刈る」という文の一節で作者は言う。

其処《そこ》で、暑中休暇の学生たちは、むしろ飛驒越《ひだごえ》で松本へ嶮《けん》を冒したり、白山《はくさん》を裏づたいに、夜叉ケ池《やしゃがいけ》の奥を美濃路《みのじ》へ渡ったり、中には佐々成政《さっさなりまさ》のさらさら越《ごえ》を尋ねた偉いのさえある。……現に、広島師範の……閣下穂科信良《ほしなしんりょう》は(略)一夏《ひとなつ》は一人旅で、山神《さんじん》を驚かし、蛇を踏んで、今も人の恐るる名代《なだい》の天生峠《あもうとうげ》を越して、ああ降《ふ》ったる雪かな、と山蛭《やまひる》を袖《そで》で払って、美人の孤家《ひとつや》に宿った事がある。首尾よく岐阜《ぎふ》へ越したのであった。

「穂科信良」は作者の親友でもとの広島文理科大学長吉田賢龍である。この人は鏡花の作品に再々登場する。「眉《まゆ》かくしの霊《れい》」の中学の校長というのもそれである。ただ「高野聖」は勿論《もちろん》事実譚でなく、この体験談にヒントを得て一流の夢幻的空想をほしいままにしたものだから、旅僧《たびそう》は吉田賢龍その人をモデルにしたのではない。次に手にふれ、いきのかかる人間を片はしから馬、牛、蟇《ひき》などにかえてしまう孤家《ひとつや》の美女は、古今説海に出ている「三娘子《さんじょうし》」によったものであろう。鏡花は中国の怪異譚を好んで読み、それから、いろいろな題材や結構を得ている。「三娘子」は林道春の「怪談全書」にも収められ、江戸時代にも相当広く流布したと思われる。板橋店《はんきょう》に驢馬《ろば》を多く養っている三娘子という孀《やもめ》がいる。夜半になると三娘子は木牛や木人形に蕎麦《そば》を植培させ、それから焼餅《やきもち》をつくる。この焼餅を旅客に食わせると、皆倒れて驢馬となる。これを価を廉《やす》くして人に売るのである。超州の季和知という旅客がその様をうかがい見て、はかりごとを設け、三娘子にその焼餅を食べさせると彼女も驢馬になってしまった。これに乗って往来すること四、五年。華山の廟《びょう》の東で一老人にあい、はじめてもとの姿にかえることができたという。これが「三娘子」の骨子である。

この話は、「高野聖」の富山の売薬者《ばいやくしゃ》が美女のために馬にされ、馬市に売られる顛《てん》末《まつ》と似ている。直接それから来たといえぬまでも、こうした過去の奇異談が作者の記《き》憶《おく》裡《り》にあったことは想像に難くない。

もう一つ作者の庖厨《ほうちゅう》にあったものに上田秋成の雨月物語中の「青頭巾」がある。雨月物語は鏡花の最も愛読し誦《そら》んじていた書という。「青頭巾」の筋は省略するが、「高野聖」の女主人公と同じく妖怪や変化《へんげ》でなく、人間であること、他国から十二、三歳の少年をつれて来て、起臥《きが》のたすけとし、それによって人界を脱すること、怪異の家をとりまく時、旅僧の誦経して難をのがれることなど、共通の節《ふし》がある。更に文章の上からも「高野聖」の二十二、二十三節などは、「青頭巾」のそれと情意の通じるものがある。

勿論両者は一見すれば非常にちがう。文章のみからいっても秋成の方は簡潔で、力強く、いわゆる「蒼古《そうこ》」のおもむきがあり、「高野聖」ははでで、なまめかしく、「妖《よう》艶《えん》」である。これは両者の素質がちがうからで、そのために秋成は影のように形容枯《こ》槁《こう》した老僧の怪を正面からうつし、鏡花は肉づきのよい艶女を絵のように描いて、怪異は旅僧の心理や、周囲の形容に置いた。ともに自己の才能素質をよく知り、それに従って功を収めたのである。質に相違はあっても、鏡花の奇才は必ずしも秋成の下にいない。そして秋成――鏡花の系統は日本文学中、一条の青い水脈をなしている。更にこれを現代に延長すれば川端康成に及ぶかも知れない。

勿論鏡花と秋成とはまるまる同じではなく、異質な部分も多分にある。それは「高野聖」を熟読玩味《じゅくどくがんみ》すれば直ちにわかる。一体この作を鏡花の代表作という理由は、ここに鏡花のすべてがあるためである。

まず表現・構想の上からいえば、文体はこの作者に多い説話体であって、客観は主観を通じて、即《すなわ》ち語り手の感情や感覚に染めて語られる。これは主観的、浪漫的《ろうまんてき》作風にふさわしい文体というべきである。これによって富山の売薬はあくまで憎々しく、旅僧は気弱で善意に、天生峠の怪は幻覚と恐怖と嫌悪と誇張を以《もっ》て語られる。客観的描写としては不合理不自然でも、個人の心理や感覚を通して語られているために、神秘や怪異が比較的自然に感じられるということがある。

ところがこの神秘的・非現実的な題材・思想の一面に於《お》いて、立役者たる女怪ははなはだ俗っぽい現実的な女性である。怪《もの》の怪《け》たる所以《ゆえん》はわずかに老爺《ろうや》の説明の中で、数語で明かされるだけだから、読者の面会するのは、ややはしたなく取り成りのくだけてはいるが、優しく情にもろいうちに気性のりんとして、まるで下町の世話女房めいた、あだな中年増《ちゅうどしま》である。いわば鏡花ごのみの女性である。この美女をして、腰ぬけの白痴の夫にかしずかせた上、魑魅魍魎《ちみもうりょう》にうなされ悩ませしめる残虐さは、これまた鏡花生来のマゾヒスティックな性的倒錯であるともいえるだろう。そうして話の筋全体に一種の草双紙、怪談めいた前近代的趣味がたちこめるのに、この年増の乳房をあらわし、膚《はだ》の色のにおうばかりの生々《なまなま》しい感覚美や、その言語行動のあざやかな現実感は、驚くべき迫真性をもって我々にせまって来る。即ち現実ばなれのした趣味嗜《し》好《こう》と、あくの強い俗っぽさとの入り乱れ、不思議な調和を示しているのが鏡花文学の成功した時であって、「高野聖」はまさにその代表的な例というべきである。この驚異にみちた物語が、我々の心に、かくまで自然に映じるのは、作者の異常な天才的表現力を証明するものだろう。

表現の面はそれとして、次に内容、思想について一瞥《いちべつ》しよう。ここで気のつくことは「高野聖」の世界が彼の人生観、恋愛観、夫婦観等々の結晶であることだ。まず、富山の売薬は、ブルジョア的凡俗、功利主義、虚偽、などの象徴であろう。旅僧はこの俗悪をにくむあまり、蛇の横たわる道、蛭の林の大苦艱《だいくかん》にあった。人生に美をもとめ、詩を願望する浪漫的感情が、卑俗な功利主義と散文とにぶつかり、それとたたかう時、その激越な主観性は狂熱し、憤怒《ふんぬ》し、つぶさに人生の苦難を体験せざるを得ない。しかもそこにつきまとう戦慄《せんりつ》と不安と恐怖とは、現世の苛酷《かこく》に戦い破れざるを得ないロマンチストの敗北を暗示するものだといえよう。

峠の孤家《ひとつや》に於ける夫婦生活が、婚姻生活を女性の不幸とする、鏡花特有の夫婦観を示していることはいうまでもない。そして女性に対して性慾《せいよく》を感じ慾情を抱く男性は、むささびであり、馬であり、猿のごときものであって、旅僧ひとりがその厄に会わなかったのは、その愛情が清く美しかったためである。彼の女性への恋は、裸体の媚態《びたい》にあったのではなく、「豊肥妖艶の人」が、白痴の夫に対する優しさ、深切さに落涙するほど心動いたからであった。それが性慾を離れた、夫に対する嫉妬《しっと》を伴わぬ、共寝しているのを見ても苦痛を感ぜぬ恋だからであった。鏡花に於ける恋愛は、この種の至純な、いわば恋の為の恋《ラムール・プール・ラムール》という観が強い。それらは達せられようとして、まさしくその刹那《せつな》にはばまれる。高野聖も、滝の前にたたずみ、ついに彼女と一生を共にしようとする瞬間においてとどめられた。それが力弱いためではない。修行をすて一生をすてようとする恋が何で力弱かろう。むしろ最も性慾的でないために、最も力強いのである。非現実的なほどに美しすぎて達せられないのではなく、達せられぬ故に美しいのである。女性的なものに対する永遠の憧憬《しょうけい》なるがゆえに常に純粋であり、永遠なるものを象徴しうるのである。このような感情は、破壊的な現実にふれる時、現実の女性の唇にふれ、手足のまじわるその瞬間に、すでに幸福の究極を予知する。憧憬の心はいたましく傷つくのである。この非実践性は一方に女性もしくは永遠に女性的なものに対する崇拝を伴い、一方に於いて、ブルジョア的実際性と対蹠《たいせき》するのである。

この恋愛尊重、女性崇拝、ブルジョア的俗悪や家族制度への嫌悪などが、明治中期に於ける封建的道徳や封建的感情に対して鏡花の提出したアンチテーゼであり、批判ともなっているのであって、そこに自由主義的な人生観や恋愛観が強烈に宿っていることを見るべきである。

「眉かくしの霊」は大正十三年五月「苦楽」に発表された。鏡花としては晩年に属する時代の佳作である。

この小説には「お化け」が出る。鏡花は幽霊の実在を信じ、「またしてもお化け物語」と自らいうように、好んで幽霊の出る小説を書いた。一体に知性的な近代文学の大道は現世的、感覚的な人間生活に題材を局限した。超現実の世界はたまたまとり上げてもこれを合理的に解釈し、冷酷に認識しようとした。現実と非現実との連鎖を信じ、容易に彼岸の世界に移行する鏡花などは、この意味では前近代的であるといえよう。だがそうも言い切れない。一度時間、空間、因果の束縛を脱して、先験的世界に立ってかえりみると、この現実もまた一つの象徴にすぎなくなる。これがある種の芸術の境地である。たとえば能の物狂いによって日常の現象が見直されて、新しい詩と驚異が生まれるように、鏡花の空想の翼がはばたいて空をかけると、「高野聖」の住む神秘境が忽然《こつぜん》としてあらわれ、桔梗ケ原《ききょうがはら》の美女が池の中に坐《すわ》って化粧するのである。口碑伝説にのこる怪異は、むしろ鏡花にとっては魂のふるさとなのであった。

このような怪異の実在を信ぜぬ今日の多くの人々には、妖怪の如《ごと》きは風馬牛の事物であり、むしろ失笑の種《たね》であろう。にもかかわらず、それを信じる作者が、空想の薄明から彼岸の消息をもたらし、それが鬼気、妖気のあやしい燐光《りんこう》を放つときには、我々もまたその雰囲気中の人となり、あやかしに魅せられることがある。「眉かくしの霊」は、このような作品である。

この小説でまず目につくのは、雪の山国の、宿泊者もとぼしい宿屋の有様である。筋の重要な部分であるかんじんの眉かくしの女の身分や死に至った事件は、わずか何分の一かの僅少《きんしょう》な部分にたたみこまれた。そしてまたその筋たるや、かなり不自然で、おまけに省筆されている。というよりほんの骨だけで、それに肉づけをしたのが「彩《さい》色人情本《しきにんじょうぼん》」(大正十年一月〜十一年二月)という未完の長篇である。これによると、文中の画家(恐らく鏡花自身を若干モデルにしている)が、女房をなぐった末、行きどころのないままに雪ふかい木曽谷《きそだに》までかけこんで来た理由が詳細に書かれている。それからまた姑《しゅうとめ》にさんざんいじめられながら、(ここに鏡花の家長制や家族制度に対する嫌悪が見える)留守宅をまもる学士夫人が、たずねて来た、夫の親友と夜ごとの物語りに、次第に親しくなって行く道行きがこまかく描かれている。しかし惜しいことに未完のままに終って、「眉かくしの霊」にあるような姦通《かんつう》事件にまでは発展していないが、ここに出て来る重要な人物はみな登場しているのである。だから「眉かくしの霊」は勿論独立した作品だが、筋の上では、「彩色人情本」の続篇なのだ。そのようなわけで骨子の事件は筋を摘んだためにいかにも不自然だが、それをさして不自然と感じさせぬのは、作者の筆力というよりほかはない。ことに雪の山家《やまが》の溶かしいだす蒼白《そうはく》の情緒が、凄《すご》く、わびしく、白く、物語りの場所を包むと、幽霊もおのずからに、滲《にじ》み出る風情がある。そして作者が描きたかったのは、この風情、この情緒であり、その雰囲気のうちにしたたり出るように出現する美女の面影なのであった。それが出るだんどりや、始末やは、出来るだけ要領のみで逃げたかったのかも知れない。もっともこのように過程をできるだけ簡略にして、結果としての情趣、場面に陶酔しようとする所に、この作者の真の散文家、小説家であるよりも、詩人としての本質が見えるのである。

二篇を通じて、人間の感情の動きや、描写の上で、ひどく通俗的なところがあるのに、その一面神采奕々《しんさいえきえき》とでもいうべき、人真似《ひとまね》のできぬ高度の芸術性がある。これが鏡花の独自性であって、これは一つの芸術上の秘密ともいうべきである。この独自の芸術性が、一たんそれにふれたものを永久に魅惑し、鏡花愛好者を絶たないのである。

泉鏡花・幻の身振り

多田蔵人

泉鏡花に熱狂する人には、昔から一定の型があったようだ。青木槐三は「鏡花ずき」（昭和一二・八「鉄道内外」）という文章で、いわゆる「鏡花狂」を次のように描写している。明治三〇年代の浅草には、『式部小路』のお夏さんそのままの服を着て外を歩く娘がいた。「鏡花宗」の人は、鏑木清方《かぶらききよかた》、水野年方《みずのとしかた》、鰭崎英朋《ひれざきえいほう》、小村雪岱《こむらせったい》の「表紙、みかえし、さしゑ」に取りつかれ、鏡花の本を初版本であつめる。『風流線』を読んでは加賀を旅し、『白羽箭』を読めば会津城趾を歩こうと思う、そんな魅力が鏡花にはあると青木は述べる。

鏡花が小説にくりひろげた美しい人物と色彩の変幻、装幀家たちとの「競作」による本のあやうい美しさ。鏡花の描く現実の町々が、いつのまにか幻影の迷路に変貌してしまう眩暈に似た感覚。鏡花作品の魅力を引きだしつづける演劇人、映画人の力ともあいまって、これらの視覚的要素は鏡花の評価に大きく寄与してきた。ただし青木が最後に紹介した昭和の「鏡花宗信者」の姿は、この作家の忘れられつつある魅力をあらためて思い起こすよすがになるように思う。青木によれば、彼らは不思議なほど鏡花の文章を愛誦暗誦していて、「一人が文をくちずさむと次の人がすらすらと後をつける」のだという。

音読するとよくわかる。鏡花の万華鏡のような文学世界を根底のところで支えていたのは、彼の言葉そのものだった。蜿々《えんえん》として曲がりくねり、飛び石のようにイメージを点綴して二つに分かれるかと思えば突然畳みかけるように進みもする話の流れは、しいて理解するよりも思いきって身をまかせる方がいい。物語に響くのと同じ音を聞き、同じ幻にふるえ、身をもって鏡花を演じてみる方がいい。そのとき鏡花の言葉は、われわれの体験のなかで見過ごされていた言葉にならないメッセージを開いてくれるのである。

鏡花の文体は能楽や俳諧の「うつり」に近いとされ(角川源義)、講談のカタリとの具体的類似が指摘され(延廣真治)、近年では明治期文章運動に対する反措定としての、歴史的役割が論じられている(梅山聡)。鏡花は実に「語・句・語法にわたって多様な技巧を駆使できる」会話文の妙手であり(朝田祥次郎)、「日本語としてもっとも危きに遊ぶ文体」の創出者であり(三島由紀夫)、日本語の限界を逆手に取って既倒をめぐらせることのできる希有《けう》な作家だった。

たとえば聖俗のオモテとウラをさまようような、『高野聖』(明治三三・二「新小説」)の宗朝《しゅうちょう》の語りくちを聞こう。飛驒山中のひとつ家に迷いこんだ宗朝の体験はしばしば、参謀本部の地図が示す近代的地理認識を離れ、前近代の意識へと遡行する物語であるといわれる。鏡花が近代作家のなかで異色の作家とされるゆえんだが、ただし宗朝が賤《しず》ケ岳《たけ》や琵琶湖の風景を指さされても反応しないところをみるに、彼の体験は名所をめぐり場所の記憶をたどる古典的な旅人の視線によっても、やはり解きあかせない質のものであるらしい。彼の「談《はなし》」が近代とも古典ともちがう、時代を超えたふしぎな領域で展開していたのだとすれば、その意味はやはり、作品の言葉そのものの中に探る方がよさそうだ。

文末に「……じゃ」(旧仮名づかいでは「ぢゃ」)を使って話す宗朝の口調は、「説教師」とされる彼の職業をみても、仏教説話によって教えをとく「法談」の文体に近い。ただし照れくさそうに「私」に言い訳したり若い頃の自分をからかったり、歌でも歌うような調子で話すくだりさえある宗朝の話しぶりには、どこか遊行者のような趣もあるようだ。本作のタイトルである「高野聖」とは元来諸国を廻り高野山への寄進をつのる僧のことだが、高野聖は時衆や芸能、民俗の祭りと深く関わる存在でもあった(五来重)。

宗朝の融通無碍な語りのなかで、山中のできごとの意味は様々な色あいを帯びてゆく。体を洗い流してくれた女の体が月に透き通るかと思うと蟇蛙《ひきがえる》や猿や蝙蝠《こうもり》が女にまつわりつき、女に馬を鎮める力があることも示され、夜ふけには不気味な者どもの気配が宗朝を苦しめる。最後には「親仁《おやじ》」の言をかりて、男を獣や虫に変えてしまう「魔神」としての女の来歴が語られる。この女をめぐるエピソードは多くの説話や伝承と関わり、たとえば男が獣に変わる説話は吉田精一氏が多くの出典を指摘して以来、森田思軒訳『金驢譚《きんろものがたり》』(明治二〇)や謡曲『山姥』(手塚昌行)、富山の縄ケ池龍女伝説(須田千里)など数多く探究がなされた。『西遊記』で虫を従えた女怪たちが猪八戒と戯れる、「濯垢泉《たくこうせん》」の場面との類似も指摘されている(朝田祥次郎)。

女はどんな人物だったのだろう。親仁のいうように、怪異譚の女怪のごとき存在だったのか。女が男を洗う構図は戦前の修身の教科書によく載った光明皇后の説話――願をかけ千人の垢を取ろうとした皇后が千人目の病を抱えた男を洗うと、男が自分は阿閦仏《あしゅくぶつ》だと告げる――を思わせるのだが、光明皇后は江戸戯作では「大婬婦」ともされた(平賀源内作と言われた『そしり草』ほか)。親仁が「天狗道《てんぐどう》にも三熱の苦悩」といい、女の姿に山々が感応し「一ツ一ツ嘴《くちばし》を向け」て差しのぞく場面を見るに、彼女は天狗道とも無関係ではないのかもしれない(宗朝が「足駄」にはきかえた女に手をとられると「忽《たちま》ち身が軽くなったように覚え」、軽々と谷を上《のぼ》る場面に注意)。天狗は説話文学では反仏教的存在とされる(森正人)が、そういえば宗朝は、山道で「蛇」にひれ伏して祈るあたりから、仏教者の禁忌を犯してしまっていたようだ。そうすると若僧を洗う女は鏡花が好んだ瀧夜叉姫のような、おそるべき魔道の使わしめと

三代歌川豊国「清書七伊呂波」のうち「まさかど 瀧夜刃姫 大屋太郎」(国立国会図書館蔵). 瀧夜叉姫はしばしば蟇蛙と共に描かれる.

田中守成製「レデイ，オブ，ゴダイウア」石膏レリーフ写真(「文学界」明治 29 年 4 月 30 日 40 号)．本号はこの写真によって発売禁止処分を受けた．

いうことになるか。しかし馬の前に裸身で立った女の、明治の日本にも伝わった「レデイ、オブ、ゴダイウア」(LADY OF GODIVA)のような威厳に満ちた美しさもまた否定できない。この構図は単行本『高野聖』(左久良書房、明治四一刊)の鏑木清方による口絵にも似るが、やはり宗朝が思わず口にした通り、彼女は単に「白桃の花」のように美しい女だったのだろうか。

繰りひろげられたイメージの意味は、こうして連想の糸をたどるほどに増殖するだろう。それは鏡花を読む愉しみのひとつでもある。しかし『高野聖』については、宗朝の言葉とともに呈示される、もうひとつの言語にも眼を向けていいだろう。「円《まる》くなって俯向形《うつむきなり》に腰からすっぽりと入って、肩に夜具の袖を掛けると手を突いて畏《かしこま》」り、「顔に枕」をしながら話す宗朝の身振りである。

うつぶせで体を丸めながら話す宗朝の異様な姿勢は、鏡花も尊崇する摩耶夫人像の裾にくるまれた、胎児の形に近いという(高田衛)。あらためて小説の言葉をたどってみると、彼のこの姿勢が女に法衣を脱がされ「手足のあがきも出来ず、背中を円くして、膝を合せて、縮かま」りながら洗われていた、若き日の宗朝の姿勢に似ていることに気づく。

女に洗われた話をするさなか、宗朝は「暗いと怪《け》しからぬ話じゃ、此処等《ここら》から一番野面《のづら》で遣《やっ》つけよう」といって部屋を明るくするよう頼む。怪談噺では急場にかかると灯を落とし、高座に闇をつくった(関山和夫)。宗朝はそれとは反対に、怪異が跳梁しはじめるくだりのほうを、燭台の火を掻きたてて語るのである。物語後半のエピソード群は宗朝自身が女と暮らそうと決意したという話も含めて、闇ではなく光の側から女を意味づけようとした、解釈のヴァリエイションと見ることもできる。「私」の位置は聞き手と

左久良書房版『高野聖』口絵.
鏑木清方画.

いうより芝居の観客のような役どころにちかいわけで、宗朝の磊落《らいらく》な話しぶりからいささかズレているように見える彼のポーズは、様々に意味を変える話のなかで話し手が発信したもう一つの意味を示す、重要なしるしであるはずだ。

別のところにも、身振りの照応が認められる。宗朝は蛭《ひる》の降る林で「手を挙げ足を踏んで、宛《まる》で躍り狂う形で」進んだ。「体中珠数生《じゅずなり》」になった蛭は胞衣《えな》にも似て、代がわりのイメージも幻視されるように、この姿には死の危機と接した再生の暗喩がかくされているのだろう(前田愛)。蛭をはがした痕が痛み、先に膝を痛め歩行に困難を覚えてもいた宗朝が女に抱かれ洗われる姿に似ているのは、山中に女と暮らす青年のかつての姿であるはずだ。足の腫れ物に貼った膏薬《こうやく》がこわばり、剥がそうとすると肉にくっついてひいひい泣いていた少年は、手術後出血がとまらず「到頭《とうとう》腰が抜けた」。苦しみに耐える青年はいつも(「例の如《ごと》く」)、女に背後から抱きしめられていたのだという。

女がなぜ青年を夫とさだめ共に生活しているのか、そこにどんな思いがあるのか、この小説はおもてだって説明していない。ただしこれが不幸な生だと決めつけることなど誰にもできないだろう。むしろこの二人のあいだには通常の観念では裁断しがたい聖なる感情があって、物語後半の挿話群はそれに俗世の光を当てようとしたものが必然的に映しだしてしまう、歪んだ幻影のようなものと見ることができるのではないだろうか?

一度はからずも女と青年との構図を演じた宗朝は、女に体を洗われた後、青年に対する態度を少し変える。宗朝は夕食の席で「何か胸が迫って」青年に頭を下げ、彼の清らかな歌声を聴いて「何か胸がキヤキヤして」涙を落とす。女の「優しさ、隔《へだて》なさ、深切さに、人事ながら嬉しく」思って落涙した宗朝はしかし、「私《わし》も嬢様のことは別にお尋ね申しませんから、貴女《あなた》も何《なん》にも問うては下さりますな」と女に言ったように、女の情が言葉で切りとることのできないものであることを知っている。女が「貴僧《あなた》は真個《ほんとう》にお優しい」と呟いてうつむくとき——このとき宗朝と「私」のいる部屋は、もう一度闇に近づく——二人のあいだには、人の決して理解しないだろう愛についての了解が結ばれるのである。

論理や社会通念を超えた愛をどのように書くかというテーマは、初期の『外科室』(明治二八)以来、鏡花小説をつらぬくものだった。『高野聖』の時代に書かれた夏目漱石の『草枕』(明治三九)や内田魯庵『湯女』(明治三二刊)、あるいは幸田露伴『風流仏』(明治二二)などとくらべてみると、この小説の特徴が見えるだろう。これらの小説で山中の女性に出会うのは画家や彫刻家であり、主人公たちは山中の女性を、絵や仏像の美しさと対比しつつ見つめる。『高野聖』の宗朝はそうした美の理論ではすくいとれない女の気高さを、見るというより体感した身体感覚ごと呈示してみせるのである。医学も神秘的な力も、言葉による救済さえ届かない存在に寄りそい生きる、そうした愛の清冽な体験を、宗朝のポーズは語っている。

＊　　＊

鏡花小説の身振りは、ときに言葉以上の意味をもつ。たとえば『高野聖』には人の背中を叩く場面があるが、これは前近代から、からかい、戒め、誘いなどの様々な性的含意をもつ身振りだった(樋口一葉『たけくらべ』の美登利《みどり》は、遊女の姉から「別れの背中《せな》に手加減の秘密《おく》」を聞く)。末尾で宗朝の背中を二度も叩く親仁が女と暮らす青年の背を打って、「留守におらがこの亭主を盗むぞよ」とうそぶくくだりから、この人物にあらためて注目することもできるだろう。物の怪の気配があらわれる際、鳥の羽ばたきに似た音がするのは先に親仁が登場した「かの紫陽花《あじさい》が咲いていたその花の下あたり」。親仁が背戸に移れば馬が嘶《いなな》き、親仁の馬子歌は「空の月のうらを行《ゆ》くと思うあたり」(傍点引用者)に響く。夜ふけの魑魅魍魎《ちみもうりょう》には、「二本足に草鞋《わらじ》を穿《は》いた獣と思われ」るものがまぎれこんでもいた。実のところ妖異の側にいるのは親仁の方ではないのか――そうだとすれば、谷川からもどった女への「いやなかなか私《わし》が手には口《く》説《どき》落されなんだ」という台詞はあながち冗談ともいえず、背を打つ身ぶりは神威をほしいままにするように見えて実は青年を人質に取られている女の、あやうい位置を刻印するものかもしれないのである。

そうした身振りによるイメージの流動をあざやかに展開しているのが、『眉かくしの霊』(大正一三・五「苦楽」)の眉を隠すしぐさである。本作の舞台である中山道奈良井宿は江戸時代以来の宿場町で、明治にも鉄道開通後に天皇が巡幸し文学者も多く訪れた。ここでガラス張りの旅館をあえて避け、古めかしくゆかしい旅籠を選んだ鏡花は、導入部の『膝栗毛』――折口信夫もこのんだ、説話や伝承の一大宝庫である――によって、いくつもの物語を口寄せあやつることのできる空間を用意している。

沼に立つ夫人が撃たれる挿話は『老媼茶話《ろうおうさわ》』の「沼沢之怪」によるとされ(須田千里)、「化粧水・化粧坂」の伝承は全国に分布する(東郷克美)。伊作に提灯がつきまとう条は笑話「提灯おくり」(三田英彬)、境賛吉が銜《くわ》えあげられ松本城の天守まで飛行する幻想は鏡花の『天守物語』とその先行作である鶴屋南北『阿国御前化粧鏡《おくにごぜんけしょうのすがたみ》』に似る(鈴木啓子)。美女と白鷺との連想は鏡花もよく用いるが、銜えられた人が鯉に変じる感覚は上田秋成『夢応《むおう》の鯉魚《りぎょ》』(『雨月物語』)を受けるものだろう。〈眉かくし〉の女の幻が分身のごとき形であらわれる点については大正期に流行した「分身《ドッペルゲンガー》」の意匠(山田有策)とともに山東京伝『桜姫全伝曙草紙《さくらひめぜんでんあけぼのそうし》』で有名な「離魂病《りこんびょう》」のあともあり、懐紙で眉をかくす身ぶりは歌川国貞「今風化粧鏡《いまふうけしょうかがみ》」に似る(吉村博任)。『誹風柳多留《はいふうやなぎだる》』に「眉かくしぬしの女房にや老けたかえ」の句があるように、眉を隠すのは未婚の女性が既婚を演じてみるしぐさ。近松半二『新版歌祭文《しんぱんうたざいもん》』(お染久松の「野崎村」で久松との祝言を待ちのぞむお光《みつ》も、懐紙で眉をかくして鏡をのぞく(三代目中村雀右衛門の型、六代目菊五郎はこの型を略した)。遅塚麗水《ちづかれいすい》『湯の宿』(明治四四)には逃避行先で誤って片眉を剃り落とした女がそのままもう片方を剃り、「妾《あたい》、好《よ》う似合いまっせ、堅気ならお家はんや、今日からあんたはんと晴れの女夫《めおと》や」と宣言する場面がある。

右のほとんどは江戸を好む人ならよく知る類型だが、鏡花の天才はこうした既存の様式を組みあわせながら、そこに生まれるはずのない意味をつくりだしてしまうところにある。たとえば意味も明瞭にみえる、眉を隠すしぐさに目をこらしてみよう。眉を覆ってにっこり笑い、「似合いますか」とたずねた女は、しかしはじめ境賛吉が見た幻では「気の籠《こも》った優《やさし》い眉」を隠していたのに、料理番の伊作の話のなかでは「懐紙をおのけに成ると、眉のあとがいま剃立《そりた》ての真青《まっさお》」だった。

小説の中核におかれたイメージの、このズレの方から物語をたどりなおしてみるに、賛吉と伊作の話はどうも相異なるものをあらわしていたようだ。口から鶫《つぐみ》の血を垂らす危険を語った賛吉のなにげない話を、伊作は二度「沈んだ声」で受けて物語を暗がりに引きずりこむ。この料理番はひまさえあれば旅館の庭で池をのぞいているらしいのだが、その理由を鷺から鯉を守るためだともいい、池の水に「桔梗《ききょう》ケ池《いけ》の奥様」の面影を思わずにはいられないからともいう伊作の矛盾は、本作のなかでも印象ぶかい謎のひとつだ。湯殿の音、水道の怪、あるいは飛行の夢や巴の提灯を見るのは境賛吉の方であり、伊作が見たのは小説末尾の幻をべつにすれば、「桔梗ケ池の奥様」の幻だけである。

お艶《つや》は自分の恋人である画家と他人との姦通事件に反証を立てようとする途中、石松の弾丸に倒れた。伊作は画家と画家の友人である学士の妻、そして「代官婆《だいかんばば》」のエピソードをも話しているのだが、彼の回想談では代官婆のおどろおどろしいイメージが強烈に残る一方、お艶の画家への思いは事件後に書き置きなどから推察されるだけで、いわば話の背景のような位置にしりぞいている。結果的に伊作の話のなかのお艶は、「桔梗ケ池の奥様」についての伊作とのやりとり、眉を落とした姿が「奥様」に比肩するほど美しいという伊作の台詞、そして石松が「奥様」とお艶を取りちがえて撃ったというエピソードによって「桔梗ケ池の奥様」に関連づけられる。伊作は、石松が山神への供物である粢餅《シトギ》(柳田国男「団子浄土」によれば米を搗《つ》き砕いて粉にし丸めた食物で、神と人とが共に口にする)を携えていたことも注意ぶかく言い添え、お艶の死の聖性を高めていた。

「奥様」の美しさに「家のないもののお仏壇に、うつしたお姿」と信じるまで魅入られている伊作にとって、お艶の死はあくまでも「桔梗ケ池の奥様」につらなる死、ある意味では彼女が「奥様」に成りかわる、儀式《イニシエイション》としての死(鈴木啓子)でなければならない。自分を「家のないもの」と呼ぶ伊作の言葉は画家が「御先祖、お両親《ふたおや》の位《い》牌《はい》」におびえていた挿話と対比をなしているが、これはお艶を画家の情婦というより神秘的な存在であるかのように語る彼の口ぶりに呼応する。伊作が見たお艶の姿には、彼女の死を「桔梗ケ池の奥様」につらなるものとして意味づける、彼自身の希念がしのばされているのである。

眉を剃りおとしたお艶の姿が、供犠としての〈妻〉——画家の妻であれ、桔梗ケ池の主のツマであれ——を演じる決意の身ぶりだとすれば、贅吉の前にあらわれた「優しい眉」の幻影のしぐさは、その一歩手前でふと迷う、弱さをたたえたイメージであると言えよう。湯殿でのからかうような声といい、人を「ふわりと」持ちあげる感覚といい、贅吉の幻は冷厳な「奥様」の影像とはちがい、どこかアソビにも似た雰囲気をたたえている。バスケットに盛られた蔦《つた》の血の色は芭蕉の「桟《かけはし》や命をからむ蔦かづら」を連想させるけれども、蔦の紅は凍りついた妻としての死よりも、無惨ではなやかな芸者としての死を彩るにこそふさわしい。この美しさは旅の宿で言葉をかわしただけの料理番をも、もちろん魅了しただろう。むしろなぜか伊作につきまとっている「巴の提灯」の影は、彼女が最期のひとときに心を開いたのが画家でも水神でもなく、伊作だった可能性さえ暗示しているのではないだろうか。贅吉の見た女の霊は、妻を演じてみせる〈眉かくし〉の身振りによって、決してそうではありえなかった自身のありようにも眼を向けてくれるよう、笑みをうかべて誘うのである。

『眉かくしの霊』の画家とその妻、そして情婦の関係を中心とした先行作である鏡花の『彩色人情本《さいしきにんじょうぼん》』(大正一〇～一一)には、木曽に流れついた槙礼之助《まきれいのすけ》(『眉かくしの霊』の画家に相当)が、落葉の底に「紅玉《ルビイ》を刻んだ」ような紅葉を見つけるくだりがある。「宛然《さながら》黒髪の塚の中なる、燃ゆる心に似て居た」とされる紅葉の形容は、黒髪の美しさを知られた女性の「塚」、通称「恋塚」の引喩ととらえておいてよいだろう。夫の身がわりとなって死んだ、袈裟御前《けさごぜん》の物語である。

『彩色人情本』では画家の情婦がくゆらす煙管や画家の吸う「蝙蝠《バット》」など火のモチーフが連鎖的にあらわれていて、女性の誰かが画家の犠牲となって死ぬ「燃ゆる心」のテーマが、原構想にあったことをうかがわせる。しかし『彩色人情本』を未完のまま終えてしまった鏡花は、情婦の死を熱情の物語だけで包み込むことにはあきたらなかったようだ。『眉かくしの霊』は情婦の思いを凍りつくような水のモチーフ――凄絶な決意の物語(伊作の話)として一方に配置し、もう一方で湯殿や燗のついた銚子などのあたたかな水の近くに、お艶の幻を対置する(賛吉の幻)。同じ図像と映るもののなかにしのばされたズレには、分身と三角関係が合わせ鏡のように輻輳する物語(中上健次)を、さらに乱反射させる効果もあっただろう。二人の男が見る女の姿は相手のイメージの奥底にひそむものを、互いちがいに絵解きするようにはたらくのである。

ふたつのお艶の姿は、ひとつの死を巴模様のようにめぐりながら相対しているともいえる。提灯の二ツ巴を見た賛吉が「此処《ここ》へ来ると、木曽殿の寵愛《ちょうあい》を思出《おもいだ》させる」と言っているように、奈良井宿のすこし先、『膝栗毛』の弥次喜多が通ってきた道(かれらは賛吉とは反対方向から来る)の途中には、木曽義仲に愛された巴御前の名をのこす「巴ケ淵」があった。謡曲『巴』の後ジテである巴御前は狩衣《かりぎぬ》に小太刀を一本差した衣裳であらわれ、これは懐に「西洋剃刀《かみそり》」をしのばせたお艶のいでたちに通う姿だが、巴御前は死の決意を語るよりもむしろ、義仲に自害を止められた我が身のつらさを嘆く。女の霊が見せるのは、男と共に死ねなかった嘆きなのか、そもそも男が夫ではなかった事実なのか。最後にあらわれた女の幻の、懐紙のかげに眉はあるだろうか? ひとつの意味として描きとることのできない死のかたちを、『眉かくしの霊』は複数の幻をめぐらせかたどってみせていた。

『眉かくしの霊』が雑誌「苦楽」に発表された大正一三年は江戸川乱歩の出発期にあたり、乱歩や横溝正史の雑誌「新青年」のみならず主要総合誌でも、あらためて怪異幻想譚に注目が集まった時期である。その一方で大正期は、小説における演劇的な要素の位置が大きく動く時代でもあった。「苦楽」の目次を見ると、『眉かくしの霊』のとなりには永井荷風の「猥談」(のち「桑中喜語《そうちゅうきご》」と改題)という随筆があり、明治年間と関東大震災後との女性の装いの相異を書いている。芝居やその衣裳がモードの最先端であり小説の背後によりそっていた明治は、震災の少し前あたりから、遠くなりはじめていた。ストリンドベルクの演劇論をつかって登場人物の身振りの意味を攪乱してみせた『手巾《ハンケチ》』を、芥川龍之介が発表したのは大正五年。のちに鏡花と親しくした芥川は、袈裟御前の劇をモノローグの交錯に変換した『袈裟と盛遠《もりとお》』(大正七)も発表している。活動写真の興隆ともあいまって、映像と言葉との乖離をえがく物語や、人物というより言葉そのものが主人公であるような小説が増え、観劇の台本ではなく読むための戯曲であるレーゼ・ドラマが流行した。

しかしこの時期の鏡花が変わらず書きつづけた濃密な幻影の物語は、たしかに時代を超出するものだった。よく似ているがすこしだけ違う女のイメージを描く『眉かくしの霊』の技法は谷崎潤一郎の『卍《まんじ》』(昭和三〜四)や川端康成の『浅草紅団』(昭和四〜五)、あるいは永井荷風の『おもかげ』(昭和一三)などの昭和の傑作にも通じるもので、本作の評価は年を追うごとに高まった。『眉かくしの霊』からおよそ百年、鏡花の秘蹟を解きあかす旅はまだこれからだ。この文庫の新しい形が、次代に鏡花をつなぐ手がかりになることを願っている。

（ただくらひと・国文学研究資料館准教授）

〔編集付記〕

「高野聖」の底本には『鏡花全集』第五巻(岩波書店、一九四〇年刊)を、「眉かくしの霊」の底本には第二十二巻(一九四〇年刊)を用いた。底本はいわゆる総ルビだが、このたびの改版に当たり、改めてルビの取捨選択と整理をおこなった。また、「高野聖」の初刊本(左久良書房、一九〇八年刊)に従い、表現を改めた箇所がある。

なお、両作品には今日では不適切とされるような表現があるが、原文の歴史性を考慮してそのままとした。

巻末には、多田蔵人氏による新たな解説「泉鏡花・幻の身振り」を付した。

(二〇二三年八月、岩波文庫編集部)

岩波文庫（緑帯）の表記について

近代日本文学の鑑賞が若い読者にとって少しでも容易となるよう、旧字・旧仮名で書かれた作品の表記の現代化をはかった。そのさい、原文の趣をできるだけ損なうことがないように配慮しながら、次の方針にのっとって表記がえをおこなった。

(一) 旧仮名づかいを現代仮名づかいに改める。ただし、原文が文語文であるときは旧仮名づかいのままとする。

(二) 「常用漢字表」に掲げられている漢字は新字体に改める。

(三) 漢字語のうち代名詞・副詞・接続詞など、使用頻度の高いものを一定の枠内で平仮名に改める。

(四) 平仮名を漢字に、あるいは漢字を別の漢字に替えることは、原則としておこなわない。

(五) 振り仮名を次のように使用する。

(イ) 読みにくい語、読み誤りやすい語には現代仮名づかいで振り仮名を付す。

(ロ) 送り仮名は原文通りとし、その過不足は振り仮名によって処理する。

例、明に→明《あきらか》に

（岩波文庫編集部）

高野聖《こうやひじり》・眉《まゆ》かくしの霊《れい》

1936年1月10日　第1刷発行
1957年7月25日　第16刷改版発行
1992年8月18日　第61刷改版発行
2023年9月15日　改版第1刷発行

作　者　泉《いずみ》　鏡《きょう》花《か》

発行者　坂本政謙

発行所　株式会社　岩波書店
〒101-8002　東京都千代田区一ツ橋2-5-5
案内 03-5210-4000　営業部 03-5210-4111
文庫編集部 03-5210-4051
https://www.iwanami.co.jp/

印刷・精興社　製本・中永製本

ISBN 978-4-00-360045-0　Printed in Japan

読書子に寄す

——岩波文庫発刊に際して——

岩波茂雄

真理は万人によって求められることを自ら欲し、芸術は万人によって愛されることを自ら望む。かつては民を愚昧ならしめるために学芸が最も狭き堂宇に閉鎖されたことがあった。今や知識と美とを特権階級の独占より奪い返すことはつねに進取的なる民衆の切実なる要求である。岩波文庫はこの要求に応じそれに励まされて生まれた。それは生命ある不朽の書を少数者の書斎と研究室とより解放して街頭にくまなく立たしめ民衆に伍せしめるであろう。近時大量生産予約出版の流行を見る。その広告宣伝の狂態はしばらくおくも、後代にのこすと誇称する全集がその編集に万全の用意をなしたるか。千古の典籍の翻訳企図に敬虔の態度を欠かざりしか。さらに分売を許さず読者を繋縛して数十冊を強うるがごとき、はたしてその揚言する学芸解放のゆえんなりや。吾人は天下の名士の声に和してこれを推挙するに躊躇するものである。このときにあたって、岩波書店は自己の責務のいよいよ重大なるを思い、従来の方針の徹底を期するため、すでに十数年以前より志して来た計画を慎重審議この際断然実行することにした。吾人は範をかのレクラム文庫にとり、古今東西にわたって文芸・哲学・社会科学・自然科学等種類のいかんを問わず、いやしくも万人の必読すべき真に古典的価値ある書をきわめて簡易なる形式において逐次刊行し、あらゆる人間に須要なる生活向上の資料、生活批判の原理を提供せんと欲する。この文庫は予約出版の方法を排したるがゆえに、読者は自己の欲する時に自己の欲する書物を各個に自由に選択することができる。携帯に便にして価格の低きを最主とするがゆえに、外観を顧みざるも内容に至っては厳選最も力を尽くし、従来の岩波出版物の特色をますます発揮せしめようとする。この計画たるや世間の一時の投機的なるものと異なり、永遠の事業として吾人は微力を傾倒し、あらゆる犠牲を忍んで今後永久に継続発展せしめ、もって文庫の使命を遺憾なく果たさしめることを期する。芸術を愛し知識を求むる士の自ら進んでこの挙に参加し、希望と忠言とを寄せられることは吾人の熱望するところである。その性質上経済的には最も困難多きこの事業にあえて当たらんとする吾人の志を諒として、その達成のため世の読書子とのうるわしき共同を期待する。

昭和二年七月

《日本文学(現代)》〔緑〕

怪談牡丹燈籠　三遊亭円朝
小説神髄　坪内逍遥
当世書生気質　坪内逍遥
アンデルセン即興詩人 全二冊　森鷗外訳
ウィタ・セクスアリス　森鷗外
青年　森鷗外
雁　森鷗外
阿部一族 他二篇　森鷗外
山椒大夫・高瀬舟 他四篇　森鷗外
渋江抽斎　森鷗外
舞姫・うたかたの記 他三篇　森鷗外
鷗外随筆集　千葉俊二編
大塩平八郎 他三篇　森鷗外
浮雲　二葉亭四迷　十川信介校注
野菊の墓 他四篇　伊藤左千夫
吾輩は猫である　夏目漱石

坊っちゃん　夏目漱石
草枕　夏目漱石
虞美人草　夏目漱石
三四郎　夏目漱石
それから　夏目漱石
門　夏目漱石
彼岸過迄　夏目漱石
漱石文芸論集　磯田光一編
行人　夏目漱石
こころ　夏目漱石
硝子戸の中　夏目漱石
道草　夏目漱石
明暗　夏目漱石
思い出す事など 他七篇　夏目漱石
文学評論 全二冊　夏目漱石
夢十夜 他二篇　夏目漱石
漱石文明論集　三好行雄編

倫敦塔・幻影の盾 他五篇　夏目漱石
漱石日記　平岡敏夫編
漱石書簡集　三好行雄編
漱石俳句集　坪内稔典編
漱石・子規往復書簡集　和田茂樹編
文学論 全二冊　夏目漱石
坑夫　夏目漱石
二百十日・野分　夏目漱石
五重塔　幸田露伴
努力論　幸田露伴
一国の首都 他一篇　幸田露伴
渋沢栄一伝　幸田露伴
飯待つ間 —正岡子規随筆選　正岡子規　阿部昭編
子規句集　高浜虚子選
病牀六尺　正岡子規
子規歌集　土屋文明編
墨汁一滴　正岡子規

仰臥漫録	正岡子規
歌よみに与ふる書	正岡子規
獺祭書屋俳話・芭蕉雑談	正岡子規
子規紀行文集	復本一郎編
正岡子規ベースボール文集	復本一郎編
金色夜叉 全二冊	尾崎紅葉
不如帰	徳冨蘆花
武蔵野	国木田独歩
愛弟通信	国木田独歩
蒲団・一兵卒	田山花袋
田舎教師	田山花袋
一兵卒の銃殺	田山花袋
あらくれ・新世帯	徳田秋声
藤村詩抄	島崎藤村自選
破戒	島崎藤村
春	島崎藤村
桜の実の熟する時	島崎藤村
夜明け前 全四冊	島崎藤村
藤村文明論集	十川信介編
生ひ立ちの記 他一篇	島崎藤村
島崎藤村短篇集	大木志門編
にごりえ・たけくらべ	樋口一葉
大つごもり・十三夜 他五篇	樋口一葉
修禅寺物語・正雪の二代目 他四篇	岡本綺堂
高野聖・眉かくしの霊	泉鏡花
歌行燈	泉鏡花
夜叉ケ池・天守物語	泉鏡花
草迷宮	泉鏡花
春昼・春昼後刻	泉鏡花
鏡花短篇集	川村二郎編
外科室・海城発電 他五篇	泉鏡花
鏡花随筆集	吉田昌志編
化鳥・三尺角 他六篇	泉鏡花
鏡花紀行文集	田中励儀編
俳句はかく解しかく味う	高浜虚子
俳句への道	高浜虚子
回想 子規・漱石	高浜虚子
有明詩抄	蒲原有明
上田敏全訳詩集	山内義雄・矢野峰人編
宣言	有島武郎
一房の葡萄 他四篇	有島武郎
寺田寅彦随筆集 全五冊	小宮豊隆編
柿の種	寺田寅彦
与謝野晶子歌集	与謝野晶子自選
与謝野晶子評論集	鹿野政直・香内信子編
私の生い立ち	与謝野晶子
つゆのあとさき	永井荷風
濹東綺譚	永井荷風
荷風随筆集 全二冊	野口冨士男編
摘録 断腸亭日乗 全二冊	永井荷風・磯田光一編
すみだ川・新橋夜話 他一篇	永井荷風

あめりか物語　永井荷風
下谷叢話　永井荷風
ふらんす物語　永井荷風
荷風俳句集　加藤郁乎編
浮沈・踊子 他三篇　永井荷風
花火・来訪者 他十一篇　永井荷風
問はずがたり・吾妻橋 他十六篇　永井荷風
斎藤茂吉歌集　山口茂吉・柴生田稔・佐藤佐太郎編
千鳥 他四篇　鈴木三重吉
鈴木三重吉童話集　勝尾金弥編
小僧の神様 他十篇　志賀直哉
暗夜行路 全二冊　志賀直哉
志賀直哉随筆集　高橋英夫編
高村光太郎詩集　高村光太郎
北原白秋歌集　高野公彦編
北原白秋詩集 全二冊　安藤元雄編
フレップ・トリップ　北原白秋

野上弥生子随筆集　竹西寛子編
野上弥生子短篇集　加賀乙彦編
お目出たき人・世間知らず　武者小路実篤
友情　武者小路実篤
銀の匙　中勘助
若山牧水歌集　伊藤一彦編
新編 みなかみ紀行　若山牧水　池内紀編
新編 啄木歌集　久保田正文編
吉野葛・蘆刈　谷崎潤一郎
卍(まんじ)　谷崎潤一郎
谷崎潤一郎随筆集　篠田一士編
多情仏心 全二冊　里見弴
道元禅師の話　里見弴
今年竹 全二冊　里見弴
萩原朔太郎詩集　三好達治選
郷愁の詩人 与謝蕪村　萩原朔太郎
猫町 他十七篇　萩原朔太郎　清岡卓行編

恋愛名歌集　萩原朔太郎
恩讐の彼方に・忠直卿行状記 他八篇　菊池寛
父帰る・藤十郎の恋 菊池寛戯曲集　石割透編
河明り 老妓抄 他一篇　岡本かの子
春泥・花冷え　久保田万太郎
大寺学校 ゆく年　久保田万太郎
久保田万太郎俳句集　恩田侑布子編
室生犀星詩集　室生犀星自選
犀星王朝小品集　室生犀星
室生犀星俳句集　岸本尚毅編
出家とその弟子　倉田百三
羅生門・鼻・芋粥・偸盗　芥川竜之介
地獄変・邪宗門・好色・藪の中 他七篇　芥川竜之介
河童 他二篇　芥川竜之介
歯車 他二篇　芥川竜之介
蜘蛛の糸・杜子春・トロッコ 他十七篇　芥川竜之介
侏儒の言葉・文芸的な、余りに文芸的な　芥川竜之介

- 芥川竜之介書簡集　石割透編
- 芥川竜之介随筆集　石割透編
- 蜜柑・尾生の信 他十八篇　芥川竜之介
- 年末の一日・浅草公園 他十七篇　芥川竜之介
- 芥川竜之介紀行文集　山田俊治編
- 田園の憂鬱　佐藤春夫
- 海に生くる人々　葉山嘉樹
- 葉山嘉樹短篇集　道籏泰三編
- 日輪・春は馬車に乗って 他八篇　横光利一
- 宮沢賢治詩集　谷川徹三編
- 童話集 風の又三郎 他十八篇　宮沢賢治　谷川徹三編
- 童話集 銀河鉄道の夜 他十四篇　宮沢賢治　谷川徹三編
- 山椒魚・遙拝隊長 他七篇　井伏鱒二
- 川釣り　井伏鱒二
- 井伏鱒二全詩集　井伏鱒二
- 太陽のない街　徳永直
- 黒島伝治作品集　紅野謙介編

- 伊豆の踊子・温泉宿 他四篇　川端康成
- 雪国　川端康成
- 山の音　川端康成
- 川端康成随筆集　川西政明編
- 三好達治詩集　桑原武夫　大槻鉄男選
- 詩を読む人のために　三好達治
- 中野重治詩集　中野重治
- 夏目漱石 全二冊　小宮豊隆
- 新編 思い出す人々　内田魯庵　紅野敏郎編
- 檸檬《レモン》・冬の日 他九篇　梶井基次郎
- 蟹工船 一九二八・三・一五　小林多喜二
- 富嶽百景・走れメロス 他八篇　太宰治
- 斜陽 他一篇　太宰治
- 人間失格・グッド・バイ 他一篇　太宰治
- 津軽　太宰治
- お伽草紙・新釈諸国噺　太宰治
- 右大臣実朝 他一篇　太宰治

- 真空地帯　野間宏
- 日本唱歌集　堀内敬三　井上武士編
- 日本童謡集　与田凖一編
- 森鷗外　石川淳
- 至福千年　石川淳
- 小林秀雄初期文芸論集　小林秀雄
- 近代日本人の発想の諸形式 他四篇　伊藤整
- 小説の認識　伊藤整
- 中原中也詩集　大岡昇平編
- ランボオ詩集　中原中也訳
- 晩年の父　小堀杏奴
- 小熊秀雄詩集　岩田宏編
- 夕鶴・彦市ばなし 他二篇 ―木下順二戯曲選II―　木下順二
- 元禄忠臣蔵 全二冊　真山青果
- 随筆滝沢馬琴　真山青果
- 旧聞日本橋　長谷川時雨
- みそっかす　幸田文

古句を観る　柴田宵曲
俳諧随筆 蕉門の人々　柴田宵曲
新編 俳諧博物誌　柴田宵曲／小出昌洋編
随筆集 団扇の画　柴田宵曲／小出昌洋編
子規居士の周囲　柴田宵曲
小説集 夏の花　原民喜
原民喜全詩集
いちご姫・蝴蝶 他二篇　山田美妙／十川信介校訂
銀座復興 他三篇　水上滝太郎
魔風恋風 全二冊　小杉天外
柳橋新誌　成島柳北／塩田良平校訂
幕末維新パリ見聞記 成島柳北「航西日乗」・栗本鋤雲「暁窓追録」　井田進也校注
野火／ハムレット日記　大岡昇平
中谷宇吉郎随筆集　樋口敬二編
雪　中谷宇吉郎
冥途・旅順入城式　内田百閒
東京日記 他六篇　内田百閒

西脇順三郎詩集　那珂太郎編
大手拓次詩集　原子朗編
評論集 滅亡について 他三十篇　武田泰淳／川西政明編
山岳紀行文集 日本アルプス　小島烏水／近藤信行編
雪中梅　末広鉄腸／小林智賀平校訂
新編 東京繁昌記　木村荘八／尾崎秀樹編
新編 山と渓谷　田部重治／近藤信行編
日本児童文学名作集 全二冊　桑原三郎／千葉俊二編
山月記・李陵 他九篇　中島敦
眼中の人　小島政二郎
新選 山のパンセ　串田孫一自選
小川未明童話集　桑原三郎編
新美南吉童話集　千葉俊二編
岸田劉生随筆集　酒井忠康編
摘録 劉生日記　岸田劉生／酒井忠康編
量子力学と私　朝永振一郎／江沢洋編
書物　森銑三／柴田宵曲

自註鹿鳴集　会津八一
窪田空穂随筆集　大岡信編
窪田空穂歌集　大岡信編
奴隷 —小説・女工哀史1　細井和喜蔵
工場 —小説・女工哀史2　細井和喜蔵
鷗外の思い出　小金井喜美子
森鷗外の系族　小金井喜美子
木下利玄全歌集　五島茂編
新編 学問の曲り角　河野与一／原二郎編
林芙美子紀行集 下駄で歩いた巴里　立松和平編
放浪記　林芙美子
山の旅 全二冊　近藤信行編
酒道楽　村井弦斎
文楽の研究 全二冊　三宅周太郎
五足の靴　五人づれ
尾崎放哉句集　池内紀編
リルケ詩抄　茅野蕭々訳

ぷえるとりこ日記　有吉佐和子
江戸川乱歩短篇集　千葉俊二編
怪人二十面相・青銅の魔人　江戸川乱歩
少年探偵団・超人ニコラ　江戸川乱歩
江戸川乱歩作品集 全三冊　浜田雄介編
堕落論・日本文化私観 他二十二篇　坂口安吾
桜の森の満開の下・白痴 他十二篇　坂口安吾
風と光と二十の私と・いずこへ 他十六篇　坂口安吾
久生十蘭短篇選　川崎賢子編
墓地展望亭・ハムレット 他六篇　久生十蘭
六白金星・可能性の文学 他十一篇　織田作之助
夫婦善哉 正続 他十二篇　織田作之助
わが町・青春の逆説　織田作之助
歌の話・歌の円寂する時 他一篇　折口信夫
死者の書・口ぶえ　折口信夫
汗血千里の駒 坂本龍馬君之伝　坂崎紫瀾　林原純生校注
日本近代短篇小説選 全六冊　紅野敏郎・紅野謙介・千葉俊二・宗像和重・山田俊治編

自選 谷川俊太郎詩集
訳詩集 白孔雀　西條八十訳
茨木のり子詩集　谷川俊太郎選
大江健三郎自選短篇
M/Tと森のフシギの物語　大江健三郎
キルプの軍団　大江健三郎
石垣りん詩集　伊藤比呂美編
漱石追想　十川信介編
荷風追想　多田蔵人編
鷗外追想　宗像和重編
自選 大岡信詩集
うたげと孤心　大岡信
日本の詩歌 その骨組みと素肌　大岡信
詩人・菅原道真 ―うつしの美学　大岡信
日本近代随筆選 全三冊　千葉俊二・長谷川郁夫・宗像和重編
尾崎士郎短篇集　紅野謙介編
山之口貘詩集　高良勉編

原爆詩集　峠三吉
竹久夢二詩画集　石川桂子編
まど・みちお詩集　谷川俊太郎編
山頭火俳句集　夏石番矢編
二十四の瞳　壺井栄
幕末の江戸風俗　塚原渋柿園　菊池眞一編
けものたちは故郷をめざす　安部公房
詩の誕生　大岡信　谷川俊太郎
鹿児島戦争記 ―実録 西南戦争　篠田仙果　松本常彦校注
東京百年物語 一八六八～一九〇九 全三冊　ロバート・キャンベル　十重田裕一　宗像和重編
三島由紀夫紀行文集　佐藤秀明編
若人よ蘇れ・黒蜥蜴 他一篇　三島由紀夫
三島由紀夫スポーツ論集　佐藤秀明編
吉野弘詩集　小池昌代編
開高健短篇選　大岡玲編
破れた繭 耳の物語1　開高健
夜と陽炎 耳の物語2　開高健

《日本文学（古典）》〔黄〕

- 古事記　倉野憲司校注
- 日本書紀　全五冊　坂本太郎・家永三郎・井上光貞・大野晋校注
- 万葉集　全五冊　佐竹昭広・山田英雄・工藤力男・大谷雅夫・山崎福之校注
- 原文万葉集　全二冊　佐竹昭広・山田英雄・工藤力男・大谷雅夫・山崎福之校注
- 竹取物語　阪倉篤義校訂
- 伊勢物語　大津有一校注
- 玉造小町子壮衰書　—小野小町物語　杤尾武校注
- 古今和歌集　佐伯梅友校注
- 土左日記　紀貫之　鈴木知太郎校注
- 源氏物語　全九冊　柳井滋・室伏信助・大朝雄二・鈴木日出男・藤井貞和・今西祐一郎校注
- 源氏物語補作　山路の露・雲隠六帖　他二篇　今西祐一郎編注
- 枕草子　池田亀鑑校訂
- 更級日記　西下経一校注
- 今昔物語集　全四冊　池上洵一編
- 西行全歌集　久保田淳・吉野朋美校注
- 建礼門院右京大夫集　付 平家公達草紙　久松潜一・久保田淳校注

- 後拾遺和歌集　久保田淳・平田喜信校注
- 詞花和歌集　工藤重矩校注
- 古語拾遺　斎部広成撰　西宮一民校注
- 王朝漢詩選　小島憲之編
- 新訂 方丈記　市古貞次校注
- 新訂 新古今和歌集　佐佐木信綱校訂
- 新訂 徒然草　西尾実・安良岡康作校注
- 平家物語　全四冊　梶原正昭・山下宏明校注
- 神皇正統記　北畠親房　岩佐正校注
- 御伽草子　全二冊　市古貞次校注
- 王朝秀歌選　樋口芳麻呂校注
- 定家八代抄　—続王朝秀歌選　全二冊　樋口芳麻呂・後藤重郎校注
- 閑吟集　真鍋昌弘校注
- 中世なぞなぞ集　鈴木棠三編
- 謡曲選集　読む能の本　野上豊一郎編
- 東関紀行・海道記　玉井幸助校訂
- おもろさうし　外間守善校注

- 太平記　全六冊　兵藤裕己校注
- 好色五人女　井原西鶴　東明雅校註
- 武道伝来記　井原西鶴　横山重・前田金五郎校注
- 西鶴文反古　井原西鶴　片岡良一校訂
- 芭蕉紀行文集　付 嵯峨日記　中村俊定校注
- 芭蕉おくのほそ道　付 曾良旅日記・奥細道菅菰抄　萩原恭男校注
- 芭蕉俳句集　中村俊定校注
- 芭蕉連句集　中村俊定・萩原恭男校注
- 芭蕉書簡集　萩原恭男校注
- 芭蕉文集　潁原退蔵編註
- 芭蕉俳文集　全二冊　堀切実編注
- 芭蕉自筆奥の細道　上野洋三・櫻井武次郎校注
- 蕪村俳句集　付 春風馬堤曲　他二篇　尾形仂校注
- 蕪村七部集　伊藤松宇校訂
- 蕪村文集　藤田真一編注
- 折たく柴の記　新井白石　松村明校注
- 近世畸人伝　伴蒿蹊　森銑三校註

雨月物語　上田秋成／長島弘明校注
宇下人言　修行録　松平定信／松平定光校訂
新訂 一茶俳句集　丸山一彦校注
増補 俳諧歳時記栞草 全二冊　曲亭馬琴編／藍亭青藍補／堀切実校注
北越雪譜　鈴木牧之編撰／京山人百樹刪定／岡田武松校訂
東海道中膝栗毛 全二冊　十返舎一九／麻生磯次校注
浮世床　式亭三馬／和田万吉校訂
梅暦 全二冊　為永春水／古川久校訂
百人一首一夕話 全二冊　尾崎雅嘉／古川久校訂
日本民謡集　町田嘉章／浅野建二編
芭蕉臨終記 花屋日記 付 芭蕉翁終焉記・前後日記・行状記　小宮豊隆校訂
醒睡笑 全二冊　安楽庵策伝／鈴木棠三校注
歌舞伎十八番の内 勧進帳　郡司正勝校注
江戸怪談集 全三冊　高田衛編・校注
柳多留名句選　山澤英雄選／粕谷宏紀校注
松蔭日記　上野洋三校注
鬼貫句選・独ごと　復本一郎校注

井月句集　復本一郎編
花見車・元禄百人一句　雲英末雄／佐藤勝明校注
江戸漢詩選 全二冊　揖斐高編訳

岩波文庫の最新刊

トニ・モリスン著／都甲幸治訳

暗闇に戯れて
―白さと文学的想像力―

キャザーやポーらの作品を通じて、アメリカ文学史の根底に「白人男性を中心とした思考」があることを鮮やかに分析し、その構図を一変させた、革新的な批評の書。〔赤三四六-一〕 **定価九九〇円**

川崎賢子編

左川ちか詩集

左川ちか(一九一一―三六)は、昭和モダニズムを駆け抜けた若き女性詩人。夭折の宿命に抗いながら、奔放自在なイメージを、鮮烈な詩の言葉に結実した。〔緑二三二-一〕 **定価七九二円**

ヘルダー著／嶋田洋一郎訳

人類歴史哲学考(一)

風土に基づく民族・文化の多様性とフマニテートの開花を描こうとした壮大な歴史哲学。第一分冊は有機的生命の発展に人間を位置づける。(全五冊) 〔青N六〇八-一〕 **定価一四三〇円**

泉 鏡花作

高野聖・眉かくしの霊

鏡花畢生の名作「高野聖」に、円熟の筆が冴える「眉かくしの霊」を併収した怪異譚二篇。本文の文字を大きくし、新たな解説を加えた改版。(解説＝吉田精一／多田蔵人) 〔緑二七-一〕 **定価六二七円**

……今月の重版再開……

尾崎紅葉作

多情多恨

〔緑一四-七〕 **定価一一三三円**

大江健三郎・清水徹編

渡辺一夫評論選 狂気について 他二十二篇

〔青一八八-二〕 **定価一一五五円**

定価は消費税 10％ 込です　　2023.9